不对

李公明 ◎ 著

南方日报出版社
NANFANG DAILY PRESS
中国·广州

图书在版编目（CIP）数据

不对 / 李公明著. — 广州 : 南方日报出版社,2013.7
ISBN 978-7-5491-0796-4

Ⅰ. ①不… Ⅱ. ①李… Ⅲ. ①随笔—作品集—中国—当代 Ⅳ. ①I267.1

中国版本图书馆 CIP 数据核字(2013)第 045955 号

BUDUI
不对

李公明 著

出版发行：南方日报出版社
地　　址：广州市广州大道中 289 号
电　　话：(020) 83000502
经　　销：全国新华书店
印　　刷：广州市怡升印刷有限公司
开　　本：16 开
印　　张：13.75
字　　数：260 千字
版　　次：2013 年 7 月第 1 版
印　　次：2013 年 7 月第 1 次印刷
定　　价：30.00 元

投稿热线：(020) 83000503　读者热线：(020) 83000502

网址：http://www.nfdailypress.com/

目录

序言　不忍而已 / 1

自序 / 4

第一辑　时评纵论：丧钟为谁而鸣？ / 1

公鸡的使命 / 2

我们的墓志铭与通行证 / 4

警惕以传统文化之名而行的政绩工程 / 6

孙志刚四周年祭 / 9

纪念王小波，如何争做自由人 / 13

超越分歧的历史记忆与自由价值 / 15

有一种计算方法叫无耻 / 18

“十月革命”的硝烟与历史真相 / 20

信息自由是反击诬蔑最有力武器 / 23

迈向实现公民知情权的途径 / 25

让法制建设在救援与重建中不断完善 / 28

生命中必须承受之痛 / 30

需要耐心阅读和倾听的索尔仁尼琴 / 36

让维基解密在……飞 / 39

道殇：丧钟为谁而鸣？ / 42

放权诚可贵，民意价更高 / 45
什么是“两会”的“敏感问题”与“个人意见”？ / 48

第二辑　愤怒书斋：十年磨刀 / 51
进行着的世界史 / 52
学者与政治权势 / 55
十年磨刀：读书的困惑 / 60
结社，还是不结社，这应该是一个问题 / 63
30年阅读记忆 / 66
“惩罚……抬高了我们的身份” / 70
宪法与诗歌是……最后的底线 / 74
“我们在，因为……我们在斗争” / 78
权力观的颠覆：历史叙事中的非暴力运动 / 82
“我的勋爵，你处罚了一个……无辜的人” / 85
是“革命将至”还是……“现在就革命”？ / 89
从来无需捍卫……永远也不会失去的记忆 / 93
仍需文章觉天下，只缘霸业……苦苍生 / 97
“宪法是……拿来用的” / 101

第三辑　教育忧思：蔡元培魂兮难归 / 105
大学校园的道德与政治向往 / 106
婢女是怎样炼成的？ / 109
学位诚可贵　生命价更高 / 112
大学是知识与思想启蒙的摇篮 / 115
高校为何欠债？应该谁买单？ / 122
清华百年又如何？ / 124
蔡元培魂兮归来又如何？ / 126

第四辑　文艺观察：寻找自由的天空 / 129
当代艺术与社会公正 / 130
艳阳金光真或伪，兼问苍生与鬼神 / 137
图像与政治（五则）/ 140
流放者的归来 / 147
廖冰兄的良知与勇气 / 150
向吴冠中说真话 / 152
虐囚与酷刑：来自古拉格的图画 / 156
艺术名利场中的权力、资本与制度性腐败 / 161

第五辑　直击广州：为公民现象而鼓掌 / 167
来一次大张旗鼓的访贫问苦 / 168
广州人，你们可要警惕啊！ / 170
广州发展"规划"是怎样炼成的？ / 172
同德围之困：文明广州的耻辱 / 175
弘扬地方文化的方言平台不应萎缩 / 177
万市长，你在哪里？ / 179
千呼万唤不回应，莫非真的有腐败？ / 181
城投集团的来头背后隐藏着什么？ / 183
在户籍壁垒与业绩壁垒的双重夹击下 / 185
为广州公民现象而鼓掌、鼓劲 / 188
海心沙项目与广州公共决策的耻辱 / 192
公共话题的"烂尾"是对民意的罔顾与蔑视 / 195
"城市文化名片"与浮躁政绩 / 197
白云山隧道工程有违程序正义与实质正义 / 199
广州大学城的发展不能违背办教育的根本宗旨 / 201
纳税人要盯紧官员财产公示的制度建设 / 203

序言　不忍而已

梁文道

去年，一位任教北京某大学的老同学在香港出版了他的评论集子，与原来的内地版本相较，自有少许不同。于是他很欣喜又很无奈地为香港版本撰写新序，喜于有些话终于可以摊开来讲了，无奈他心目中的原始读者到底不易看见自己的坦荡。这种困境，我们一点都不陌生，光是20世纪，这世上就有数不清的作者遇过同样的问题。是要沉默，还是要毫无顾忌地冒险发言呢？终于就发展出一套顾左右而言他，把意思埋藏在字里行间的“隐密写作”，久而久之甚至成了一门学问。写的人要有技巧，看的人也要懂门道，大家相视一笑，一切尽在不言。

公明大哥（我一向如此称呼李先生）这部新集，艺评和书评占去其中四成，另外六成则是正面直接的时论，很能反映他多样的写作状况，更能表明他的功底能耐。然而，表面上看，这样的组合又实在古怪，似乎硬把扯不上关系的东西搅在了一块；明明该是几本书的内容，偏生凑成一册。不过，只要略微翻阅，便能发现那些关于宪法学论著的书介，以及几帧柏林奥运的图像分析，其实都是意有所指，与书里头谈时事的文章呼应出同一种怀抱。这类藉着书评艺评指点江山的事，我也干过不少。有时候朋友们开玩笑，自嘲大伙练的是《葵花宝典》。然而，首先自宫之后，神功却未必大成。大家苦修“隐密写作”多年，又曾修出什么正果？

昔日的时事评论人，今号“公知”；而“公知”没多久就成了一个贬义词，贬值之速，犹如“人民”等其他新中国常用语。有人讨厌“公知”，是为了意识形态的不同，说他们是汉奸，是“带路党”，妄图以西化中。有人讨厌他们则是为了他们的姿态不好，老是一副什么都懂的模样，这个也评，那个也议，好像任何领域都少不了他们的份。我们还可以用今日最流行的视角抨击他们，说他们是为了抢眼球，霸占“话语权”。说了什么不要紧，说得有没有道理也不要紧，最要紧的是时常公开发言。公开发言，而听众不少，那就叫做“炒作”了。

写得辛苦（或曰“技巧”），写完了还要遭受上头和下头的双重不满。这又何苦？

关于政论，最常见也最古老的批评大概就是“空谈”二字。无论写了多少，人家一句“光说有什么用”，就能把一切都顶了回去，就能取消你所有的苦思和努力。的确，光说是没什么用的，特别是在中国。公明大哥集子里有篇文章谈到近年各种“公共话题”的兴衰，“黑砖奴”也好，“拆迁钉子户”也好，甚至大到像温州动车事件那样的事故，几乎无一不是烂尾收场。事情一出，大家义愤填膺。骂完一通之后便悄无声息，彷佛一切不曾发生。

但我又想到了一句老话：“莫道书生空议论，头颅掷处血斑斑”。小时候我看这句话只算知其字义，直到开始在大陆写作，这才有了点体会。原来这个世界竟有这样一种衡量写作意义的标准，不是看你写的东西影响了什么、改变了什么，而是看你这个作者得到了什么后果；如此具体，如此切身。当然今天因言杀头的事是没有了，但余此之外呢？前阵子另一个写评论的朋友来港演讲，他笑着说在观众席上看到几个“熟悉的面孔”，惜他们一路辛苦跟到了香港，台下会意者当堂大笑。笑声背后便是这书生的后果，这类后果从稿子被审查被删改开始，到专栏被停，到媒体封杀，到人格抹黑，一路去到想象力的边境。

困顿疲乏之际，不妨聊以自慰，把这些后果当成“自己一定做对了什么”的证明；如果只是空谈，如果没有意义，人家又害怕些什么呢？要用这种方式来体会写作的意义，是我以前只在香港发表东西时所想象不到的。写作果然还是得看“背景”，看你在什么地方写，看你给什么地方的人看。

“如果说管理部门‘睬你都傻’反映出权力的傲慢，那么‘打死不响应’就只能说明权力的心虚和恐慌。但是，为什么傲慢与心虚的结果总是公共话题的‘烂尾’？为什么公权力敢于‘睬你都傻’？道理太简单了：我就是不理你，你能怎么样？公众的无奈和挫败感也正是因为这样：你能把他怎么样呢？这无非说明，如果人民手中没有握着真正的选票，权力必然是不受约束的”。这是我在这本集子里头随手摘出来的一段话。再翻几页，又看到一篇抨击广州市拆迁一段百年老骑楼街的文章，他说：“在恩宁路事件中，我们看到的是有关方面当面说好话，背后搞阴谋，完完全全表现出没有诚信、没有廉耻，没有政治文明的最基本道德的嘴脸”。这全是公明大哥平常在广州报刊上发表的文字，难怪当年许多外地人来到广东都得经历一段适应期。他们初来到埗，翻开报纸一看，便会惊讶地说不出话，忍不住要问本地帮：“你们平常看的东西都是这个样子吗”？

或许这就是我们南蛮广东的开明。当年第一回和公明大哥联络，不知就里地先用普通话问候。他就豪爽地在电话里笑道：“喂，我地讲白话就得啦！”自此便别有一番同声同气的亲切，也更能明白他那多隐密的写作也隐不去的直率。再看省城广州，这几年的公民行动简直是风起云涌，就像公明大哥在书里所说的，从单枪匹马抗议政府形象工程的少年，到一个关注本土文化保育的组织，尽见草根市民的觉醒。第一个在家里做好标语拿去路边示威的人或许还要莫大的勇气，但当第二个、第三个也开始前仆后继地站出来之后，冒险便成习惯，甚至对当局而言也都是个习惯了。尽管前路漫漫，可这第一步到底是踏出去了。

不，千万不要以为这是公共知识分子启蒙的功劳，写评论的人没有这么了不起（甚至包括公明大哥在内）。有时候写作并不是为了什么可见可计算的目标，就像那些监督滥用政府汽车，反对无理扩建地铁，独立报选人大代表的普通广州市民一样，公明大哥只不过是用上了自己最熟悉最擅长的工具来行动而已；不知行动后果，不计行动代价，他只是出于不忍。这原是一切评论的动因，没有他人以为的那么复杂。

2013年4月

自序

就从书名谈起吧。

这本小书收入了历年所写的部分文章。文章初步编定后，曾不假思索地起了个书名：磨刀集，取自书中一篇文章的题目——“十年磨刀：读书的困惑”。三月初的一个晚上，我和行远与陈冠中、于奇、张宁、徐淑卿诸位相聚，谈到这个书名，大家均表不满。张宁兄提出叫《不对》，富有图书出版经验的淑卿高度赞同，冠中、于奇夫妇更是提出以“不对先生”、“Mr. NO”作为封面语。几位的高见令我悦服，感激之情就不用说了。

的确，本书所收文章无论是评论还是直击、是观察还是忧思，其出发点都是一个公民最基本的职责，就是对所有的不对说“不对”。现象不对劲，制度不对头，官员言行不对头，还不许别人说不对，这样的社会还会好吗？当然，敢于说“不对”，绝非意味着我们的批评都是对的，也绝非意味着我们自己就没有什么不对。关键是要让大家都明白，人都可能有不对，但是知道了就要说出来。

说“不对”看起来是一种否定，但是，对“不对”的否定不正是对“对”的肯定吗？当我们说“不对”的时候，心中不正是怀有关于“对”的价值观和理想吗？美国有一本给小学生读的《公民读本》说，如果看到国家在做不正确的事情而不吭声，甚至反而说做得好，这就是破坏的而不是建设的态度。这些都是关于“不对”的最简单的常识。可惜的是，我们仍然生活在一个要为说出常识、实践常识而奋斗的时代。在这时代，做一个“不对”

先生，是尽公民的责任。

关于“磨刀”，还可以多说两句，虽然作为书名的确比不上“不对”那么好——它既没有直截了当地表明立场、态度，也难以使今天的青年读者在一瞥之中就把握住某种气息。大家觉得，它更多的是反映出我们这一代人的某种内心情结，是某种时代悲情的印记。

可以说，“磨刀”是一种心境。读了三、四十年的书，不断明白过来：读书如磨刀，读完书就要用，不是“砍柴”就是“杀人”。当然，读书的刀磨得再锋利，既砍不了柴也杀不了人。只能说，通过读书把柴薪砍来，在内心点燃，在内心向外在的不义和内在的懦弱举起大刀。从这个角度看，“磨刀”是“不对”的基础和前奏。

几十年一边读书、读报、读网，一边写作，就像边磨刀、边看地形看天气，好像总在内心等待什么、密谋着什么。我在文章里说，也曾在一些读书讲座上和青年学生交流，说有时候会突然冒出《红岩》里那个装疯的共产党人华子良喊出的接头暗号：“让我们迎接那个伟大的日子吧！”——读书与写作好像也是一样，是为了迎接一个伟大的日子。那个“伟大的日子”是什么？对有些人这个问题或许根本不存在，在我却似乎是无法摆脱。看艾晓明、胡杰拍摄的纪录片《中原纪事》，片中的高耀洁老人在家里包书、去邮局寄书，难道她不是在内心憧憬着一个“伟大的日子”么？崔卫平翻译《哈维尔文集》，难道不是为了迎接那个“伟大的日子”而给思想者锻造批判的武器么？

其实，所谓的“伟大的日子”就是自由交流的日子、每一个人都拥有人的尊严的日子。读书和写作不就是为这些日子而准备的么？如果有人说只有“精英”的读书才会这样想，那真是大错特错了。别的不说，我周边不少痴迷读书、关心写作的朋友都不是所谓的“精英”阶层，他们心中所念、口中所言，尤其是对书的选择，没有一样不是与那个“伟大的日子”密切相关。古人说，位卑未敢忘忧国，有良知的读书人怎能无动于衷？在这个意义上说，读书人不就是磨刀人么？

书要不断读，刀要不断磨，磨完要有行动。

发出“不对”的声音，就是一种行动。一个人的声音很微弱，说的人多了，慢慢就有力量，就有希望改变“不对”。

集中所收文章基本上都是2000年以后所写，只有两篇是写于80年代。《公鸡的使命》产生于当年的一场讨论，80年代初期深圳的思想氛围是何等的活跃与尖锐。像“改革者的使命”、时机和道德勇气这样的问题，在今天不仍然是令人关注的吗？《我们的墓志铭与通行证》中说到：“假如我们真的把一切高贵的理想精神和热情都丧失殆尽，那么我们这一代人所曾付出过的沉重代价将是真正的白白付出了。”现在似乎已经进入了“七七级”主政的时代，同时也是“七七级”逐渐淡出舞台的时代，关于理想、热情和代价的话题是否还能对当年的同学有点触动？

毫无疑问，知青岁月、“七七级”大学生涯和80年代中国的热血悲歌，是我个人精神成长的基本底色，是一直说“不对”的精神源泉。唐朝白居易在《与元九书》中说，与人言多询时务，读书史多求理道，“始知文章合为时而著，歌诗合为事而作”。“时”与“事”，的确就是写这些文章的因由。其中有些文章曾在网络上流传较广，也引来过叫骂之声，如《有一种计算方法叫无耻》、《“十月革命”的硝烟与历史真相》、《信息自由是反击诬蔑最有力武器》等文。有些文章因时因事而起，但是或因为专栏的性质，或因为其他原因，这些“时”与“事”并未直接论述，而是在谈书论史中强烈地寄寓着对它们的思考。这类文章尤见于第二辑“愤怒书斋”，如《“惩罚……抬高了我们的身份”》、《“我的勋爵，你处罚了一个……无辜的人”》、《从来无需捍卫……永远也不会失去的记忆》等。

第五辑“直击广州”收入多年来在广州媒体上发表的部分时评文章，所谈的都是当地政府部门的公共决策、社会事件、官员言行等问题，都是对具体个案的“不对”之议。多年来，除了写这些报纸时评，我还在广东电视台珠江频道、新闻频道等持续地做时评节目。今天重读那些数以百计的文章、文稿，许多与广州市民一起经历的事件、所纠结的议题历历在目，回响在这些文字中的声音正可以浓缩为“不对”两个字。这些文章或许也可以从一个角度反映出广州“公民现象”的某些特征：媒体对民意的积极关注与反映，公共决策出台前后的官民博弈，事件中不断推进的民意觉醒，以及言论部门在一定程度上的允许讨论。这些在当今中国新闻媒体中仍然不是可以轻易实现的。

还应该说的是，由于具体公共事务、公共决策往往涉及到许多专业性问题，在说“不对”的时候绝非自以为对所有问题都有知识、所提的批评都很对。之所以还敢说“不对”，是因为：第一，许多公共决策的出台都有着共同的过程特征，如信息不公开、程序不正义、论证走过场、监督不落实等等；而在其背后又有着共同的实质特征，如利益主体的隐匿、官商交往的黑幕、公共利益的受损等等。所有这些都不是技术性的问题，而是公共政治的常识问题，因而可以、而且必须从常识出发说“不对”。第二，提出质疑、追问真相、要求信息公开，这是所有“不对”之声的核心，而这些声音很难期待那些既有利益关系、也深知内幕的真正专家、技术官员主动发出来。所有质疑，只能从外部追问进去。第三，所有的“不对”主要都是讲常识、讲逻辑、讲疑问，这实际上就是公民自我教育的过程，是全社会逐步形成公民意识的过程。

应该再重复前面那句话：在这时代，做一个“不对”先生，是尽公民的责任。

最后，必须对朋友们和我的家人表达无尽感激之情。在这时代，有一种朋友是思想的交流者、道德勇气的激励者，是阴霾天空下的光与温暖的传播者。在这时代，能有这样的朋友和家人是一生中的幸福。

感谢广州、上海等地众多媒体朋友多年的关爱与支持，尤其是《南方都市报》、《新快报》评论专版诸位编辑和主持《东方早报·上海书评》的陆灏兄，才有了这些“不对”之文。南方日报出版社刘志一先生主动约稿成书，于谈文论世中凸显出版人的思想识见。文道兄慨然赐序，所谈“不忍”之义，深获我心，受益良多。冠中、苏里、晓渔三位的激情赐语，更是对我的鼓励与鞭策。邝飚先生为本书设计封面并专门创作了多幅插图，以图像的力量为“不对”增色，这是图文时代的思想战壕。

是为序。

2013年4月25日

第一辑
时评纵论：丧钟为谁而鸣？

公鸡的使命

《现代人报》第32期的社论《公鸡效应》提出了一个饶有趣味的问题：公鸡应该什么时候才叫？该文认为，半夜鸡叫难逃劫运，日中打鸣也必遭人白眼，因而，公鸡应该在太阳将要升起和人将要醒来之时引颈高吭。作者的立意无疑是好的：改革家应该审时度势，选择最佳的时间和方式输出创造性信息。

但问题的关键在于，作者把这种“公鸡效应”奉为现代改革家的行为准则，这就令人不敢苟同了。

质疑之一：“太阳不是公鸡叫出来的，叫不叫天都会亮”，不错，这是常识。但以此比之于社会政治，却又显得有点缺乏常识了。谁都知道，大凡真正的社会变革，不可能是自然而然地到钟到点便从天而降的，而总要经历一番酝酿、阵痛与催生的痛苦进程。正如作者文中说的，“社会改革的大趋势是由社会自身的多方面原因促成的”，难道在这“多方面的原因”中可以排除思想的启蒙、舆论的先声么？窃以为“公鸡或改革者们，首先要清醒地认识”的，恰是天不会自动就亮的，公鸡们如果不叫、不喊，不吵掉人们的迷梦、噩梦，太阳是不会自动跑出来的。假如真的按作者文中说的，“叫不叫天都会亮”，那人类社会的进步岂不成了太容易的事情了吗？可惜阅尽春秋，我们还找不到一个如此便宜的先例。

质疑之二：“人就不是一定靠公鸡啼鸣才醒的，即使没有鸡鸣，人也会凭自己的生物钟而醒来”，这也不错，也是常识，可比之于社会的人，则又错了。人民是什么？恩格斯说过，人民只是听到雷声便相信是雷神在打鼓的一群。鲁迅终其一生痛心疾首于中国人的麻木、丑陋。鲁迅先生还极深刻地把中国人的历史捅了个大天窗：一部历史，无非就是想做奴隶而不得和暂时做稳了奴隶的历史。在这里，人的真正解放自己的生物钟哪里去了？一个社会，尤其是在封建专制笼罩很紧的社会，其造成的最锐利、最揪心的痛苦，往往只有极少最敏感的优秀分子才感受得到。假如他们甘于沉默，寄希望于每个人“凭自己的生物钟而醒来”，那可真是这专制社会的齐天洪福了。

质疑之三：作者说，勇士们“虽可歌可泣，是思想先驱，但不是对社会起实际变革作用的改革家”，好一个“实际作用”！试问，思想家，尤其是“思想先驱”的价值和意义能以实际作用去衡量、去论定吗？从苏格拉底到马克思，到鲁迅，他们在其所处的社会中具体地改变了什么、确立了什么从而显示出他们的“实际作用”呢？没有实际作用，就仅有悲剧的、令后人歌且泣的审美价值么？可以设想，没有在“文革”中逐步觉醒而呐喊的勇士，没有天安门广场群众运动的声浪——那都不是在太阳就要升起的美好时刻——“四人帮”会一下就倒台、改革之风会一下从太平洋刮来？是的，勇士们（过早敢于叫将起来的公鸡们）的实际作用是难以列举的。

质疑之四：作为思想者、改革家，固然不应只追求为改革献身的道德价值——关于这一点，笔者是颇引以为同调的——但是，难道只有在胜利在即、必操胜券、无厄运之虞的时候，才是改革者值得“引颈高吭”的时辰么？是，打死老虎，然后披红挂绿地得胜回朝，谁个不争先、谁不逞英豪？这不有点辱杀了“现代人”、“改革者”的美名了么？“办实事，办成事，而且经济、高效、损失最少”，这可以是商人的价值判断标准，因为商人为自身谋利乃是天经地义。但真正的思想者、改革家，难道不是首先唯真理、唯正义是图吗？当然，为力求生存而进行的战斗必须有策略意识是重要的，但战斗与生存，何者为首却是原则问题，否则“公鸡效应”便不折不扣地沦为与庸俗腐败现象和平共处的活命哲学了。

自然，黎明总会到来。但等待戈多实际上只能使戈多永不露面。所有的真公鸡都应该叫，就在他感到如鲠在喉，不叫不快的时候叫好了！若真如此，黎明能在哪个黑山洞里藏多久呢？

1986年10月

（原载《深圳青年报》1986年11月7日）

我们的墓志铭与通行证

××：

来信谈到了“这一代”——你主要指的是七七、七八级大学生——在今天的境况如何、风貌怎样的问题。这实在是一个很诱人的话题。作为“这一代”中的一员，我可以给你谈一点感想。当然，世事嬗替不居，而人的感觉往往又是很偏执的。知我罪我，悉由尊便。

当年，在一场空前惨烈的文化劫难之后，迎接我们的实在是一片荒芜的校园。四年的时光，不少人冉冉然抽成了一根会思想的芦苇，恐怕全是自己修炼的结果。大学校园对我们来说与其说是伏案的战场，不如说是反思的长廊。在这里我们的初衷和远志得到确立：我们必须同时是社会良心与文化精英，才不至于辱没了“知识分子”这个称号。那时节真正是一个精神的上升期。

1982年我们毕业了。当时的社会已经是七彩纷呈。一时间留学、经商、从政成了最合时宜的话题，社会似乎慷慨地偿还对这一代人的欠债。然而，谁敢肯定这就是历史之神对这一代人的真正厚爱？在价值理想与现实功利的严酷冲突面前，望风披靡地倒向后者成了天下大势，各种欲望像洪教头放走的魔鬼，再也无法收回。说实在的吧，在今天的许多同学中间，表面上的升降荣辱已经成了横亘在人们心上的一根无形的价值杠杆。

诗人北岛说，高尚是高尚者的墓志铭，卑鄙是卑鄙者的通行证。当然，我们身后的墓志铭未必那么高尚，而我们目前所持握的通行证也未必就是卑鄙——然而，这的确是一个不容回避的问题。

什么是知识分子应该有的墓志铭？以色列学者米歇尔·康非诺认为，知识分子应该是这样一种人：他们关心人类，对产生问题的现状深感内疚，并感到有责任不惜代价在思想上、生活上为这些问题找到最后的逻辑答案。这或许是一个过高的标准了，但无论如何，应该坚守内心的自我，应该保持对人类理想精神的向往。

其实，这种“墓志铭”精神无非是要站在“绝对”、“永恒”的立场上，高屋建瓴地俯视一切生命。如尼采说：“要真正体验生命，／你必须站在生命之上！／为此要学会向高处攀登！／为此要学会——俯视下方！”

当然，还是那句老话，形势比人强。只考虑绝对的墓志铭而全然不想想相对的通行证也是不行的。无论是经商、跳槽、办皮包公司、从政、寻快乐于欢乐场中，其行为本身都绝无可厚非之处，只是不要让得意之色全然淹没了去。其实同样是面对人欲横流的现代社会，不少西方青年也能超越、会揶揄，敢说一声：“我鄙视”、“我瞧不起”。而在我们的许多同学中间，连价值理想的被淡忘本身也快被淡忘了。假如我们真的把一切高贵的理想精神和热情都丧失殆尽，那么我们这一代人所曾付出过的沉重的代价将是真正的白白付出了。

你还记得吗？鲁迅笔下在酒楼上的吕纬甫与当年那个思想敏锐的吕是多么判若两人！你提的话题太大了，我实在无力纵论天下。我只是被你勾起了这番思忖：什么是我们的墓志铭与通行证？

言不尽意，匆匆作复，并请代向同学问好！

1988年10月7日

（原载《沿海大文化报》1989年3月15日）

警惕以传统文化之名而行的政绩工程

国学、传统文化的复兴热似乎未有穷期：议论纷纭的读经运动之争尘埃未落，名流贤达的《甲申文化宣言》又冒了出来；尊孔之风趋盛，有国学专家呼吁将孔子诞辰日9月28日作为法定教师节，今年9月28日曲阜市政府首次主持公祭孔子诞辰大典；北京安定门街道办事处与中国人民大学“人文奥运研究中心”欲联手打造中国首个“国学文化社区”，继而报载山东济宁将兴建一座“中华文化标志城”，其意义更是非比寻常——“全世界华人共同的精神家园和心灵圣地即将诞生”云云。

不妨先回过头来谈一点读经运动。我很赞成有学者所论述的观点，即作为提高个人民族文化修养的途径之一，读点经书自有益处；但若视之为救治社会、匡正时弊的安邦运动，则万不可以。我认为理由很简单：当今道德沦丧、世风日下的社会风气的根本原因只能在人们生活、生产于其中的社会转型的制度因素中寻找，重建健康精神生活的基本前提是实现政治文明、思想自由和社会公正；没有制度与法治层面上的改善、进步，任何用心良苦的读经运动在现实中要么是虚幻无力，要么是曲学阿世。

至于纪念孔子，我认为以其诞辰日为法定教师节的提议未尝没有合理之处。孔子一生主要从事教育，首创私学，打破了“学在官府”的贵族垄断；他提出了“有教无类”的思想，扩大教育范围；他的因材施教、教学相长、多闻阙疑等教学方法都包含有合理的因素。但是对于祭孔大典之类，我以为实无必要。尊孔反孔，自辛亥革命以后论战不息，直至20世纪70年代仍为政治斗争的舆论工具。当年五四新文化运动对“拜孔尊教”的批判是以民主政治、科学精神为其价值准则，以现代生活、普世文明为其向往，极力反对政治上的专制极权主义、思想文化上的愚民统治，这一思想运动的基本意义与价值是无法否定的。当然，我相信今天的曲阜市政府祭孔与当年袁世凯为复辟帝制而尊孔、康有为的全国孔教大会不可以并论，鲁迅当年抨击的“跟着这事而出现的便是帝制”的忧虑也可以免了。但是，今天的祭孔大典所宣扬和渗透的传统文化救世论却是大有问题的。把当今中国社会风气的败坏、精神家园的荒芜、生存环境的恶化等等主要归咎于传统思想文化的断裂，至少是很片面的；而对普世文化价值体系的拒斥和唯本民族文化独尊的心态更是盲目的和自欺欺人的。

值得注意的是，当前的传统文化复兴热已有从思想的层面发展到制度层面和操作层面的趋势，兹事体大，实在不可以掉以轻心。倡导读经还只是文士墨客的议论，而“建设国学社区”，乃至兴建“中华文化标志城”等等则是货真价实的社会改造运动、大规模的土木工程。一旦启动，在各种名堂、项目底下就是真金白银的公共资源的调动、分配，还有就是某种公共领域的强制性变化，无论从哪个角度来看，生活于其中的社区成员都是无法不受其影响乃至制约，承载着这些工程规划的土地原生态无法不被改变甚至是破坏。尤其是对于像山东济宁要兴建一座“中华文化标志城”这样的“大手笔”，更需明察、细辩、慎思，更需要在政治民主、加强舆论监督的前提下抉择去从。

据报载，“中华文化标志城”的规划选址可能在济宁市的九龙山区域。此地位于孔子出生地曲阜和孟子出生地邹县之间，因此专家们认为这里是“儒家文化的发源地，也是中华文化的重要发祥地之一，在世界文化地理上具有独特的优势和影响力”。这种论断所犯的常识性错误实在是不堪一驳。众所周知，华夏文化的发祥地是早在新石器时代的黄河流域，而同时期的长江流域、北方地区和华南以及西南地区也出现了发达的新石器文化，所有这些多元的、具有地域性区别的原始文化区域正是夏、商、西周文化的发祥地；而以夏、商、西周文化为代表的中华古代文化已达到了高度发达的水平，远远在其之后的儒家文化的发源地又如何能够等同于中华文化的发祥地呢？而再拉上“世界文化地理”，更是没了谱的事。要说作为最有代表性的中国传统文化的名胜所在，人们或许会想到六大古都、想到长城、想到五岳四山，但谁会知道这个济宁九龙山呢?

其实，从研究中华文化的角度来看，选址的对错也许根本不重要，关键的错误是它试图以一地一城为整个中华文化的“标志”，已是大谬。著名历史地理学家谭其骧对于“中国文化”这一流行概念的质疑是最有启发的：他认为必须正视民族差异、时代差异和地域差异，任何时代都不存在一种共同的文化（见其《中国文化的时代差异和地区差异》）。在日常语言中泛用“中国文化”、“中华文化”概念可以接受，进到学术语言中则应尽量避免泛泛而论“中华文化”，而在大规模的工程规划中则更不可以随意拉扯“中华文化标志”这样的旗号作虎皮，否则将是极不严肃、极为荒唐的。

而所谓的把这一“标志城”建设成为中华“文化名城”、成为全世界华人的“精神圣地”则更是荒唐之至——试问世界上有哪一个民族、哪种宗教的文化名城、圣地是靠在今天立项目、招商引资而建造起来的?

以上都是书生之论。我想更关键的问题是，必须警惕借复兴传统文化之名而推行政绩工程，导致劳民伤财、弄虚作假、生态破坏、腐败丛生——这样的政绩工程难道我们还少见吗?地方政府关心文化事业，是天大的好事。据说现已查明的济宁地区有各类文物点7000多处，古建筑3000多间，收藏文物15万件，这些文物的保护、研究和展览陈列工作是否已经做得比较好?在孔子先师的故乡从事教育工作的每一位中小学老师是否都能按时领到工资?贫困村庄的学校还有“三无现象”吗?更从社会环境而论，本地区的民生如何、吏治怎样?凡此等等俱是为官一方者的基本职责，更是以复达前贤礼仪文明为己任的济宁地方官员所极需回答的问题。这些才是真正的政绩，弄好了再来想“标志城”的事也未迟。

复兴传统文化，这本身的是非曲直是不容易说得清的；但是，如果是假此为名而行好大喜功的政绩工程之实，则是明明白白要不得的，人们可要警惕啊!

2004年10月18日

（原载《南方都市报》2004年10月26日）

孙志刚四周年祭

苏少鑫：在今年年初的首届“广州美术学院造型艺术学院教师作品双年展”中，您有两幅作品被公认为代表介入社会生活的油画作品，一幅是《被收容者孙志刚之死》，另一幅是《关注人民苦难的艺术家——符罗飞》。请问，使“孙志刚”走进美术馆的原因是什么？

李公明：2003年孙志刚事件发生后，我一直关注和研究这一事件，也以各种方式发表我的看法。我认为含有实质上的身份歧视的恶法必须废除，尊重人权、维护社会正义与公平的法治精神和措施已经成为全社会应该共同关注的当务之急。2004年我开始策划和实施“新宣传画——呼唤社会正义与公平”的活动，其宗旨是运用过去人们所熟知的宣传画的主要表现形式，以人们普遍关心的社会公平与正义问题为题材进行创作；它将借鉴过去“主题先行”、“深入生活”等创作思想中的合理成分，以社会进步理论为指引，以现实中仍然大量存在的非正义、不公平的现象为批判对象，同情苦难、反对麻木不仁，呼唤社会正义与公平。我希望这是中国现实生活中的老百姓都能理解并产生共鸣的一种信念、思想和情感的真正交流。这个艺术创作活动三年来经历了作品征集、评选、筹备展览、理论总结、巡回演讲、公开讨论、媒体传播等一系列发展过程，正发展为形式更为多样、吸引更多公民广泛参与的“新宣传画运动”。然而，我也注意到，在美术学院的创作与教学中，对于社会生活的关注、尤其是对于敏感的现实事件的关注仍然比较缺乏。当然，我绝不认为美术学院的创作教学必须要求大家都来关怀社会、抨击现实，因为艺术与人的心灵、与自然和社会的关系是极为广阔、多元的，艺术

李公明《被收容者孙志刚之死》，布面喷绘/丙烯，175×120cm，2006年。

家对于题材、方法等的选择应该是充满自由和个性。但是，无论是从传统的现实主义精神或是前卫艺术的激进主义气质来看，至少应该有艺术家关怀人生与社会的敏感问题，美院的创作教学中至少也应该鼓励某些学生把自己的艺术创作与社会现实和人民苦难联系在一起。因此，作为今年年初广州美院造型艺术学院首届教师作品双年展的策展人，我提交了《被收容者孙志刚之死》和《关注人民苦难的艺术家——符罗飞》这两件作品，希望通过自己的艺术创作来践行我的艺术—社会观。

苏少鑫：您曾一直呼吁为孙志刚建一座纪念碑塑像，是否也是基于类似的原因？

李公明：是的。我在近三年的多次演讲中谈到，当代艺术的多元生态中应该有一种呼唤社会正义与公平的声音，在信息爆炸的大众文化时代应该有人坚守艺术的社会良知职责。具体的途径很多，其中有一项很重要的工作就是以社会记忆抵抗价值虚无和良知麻木。孙志刚事件的悲剧性质与所引发的制度变革在当代中国争取社会正义与公平的进程中具有历史性的意义，因此我呼吁对这一事件比较关注和感到有道义责任的艺术家共同创作一座孙志刚纪念碑。坦率地说，可能是我的声音太微弱了，也可能有各种现实原因，至今没有艺术家回应和愿意做这件作品。倒是孙志刚墓在他家乡修好的时候，有记者报道说我准备自己创作孙志刚纪念碑。其实我原来只是发出倡议，现在我真的想自己来做了。当然这不是一件像我的那幅油画那样的个人艺术作品，而是置放于公共空间的公共雕塑品，必须要具备社会公共条件才能实施。目前看来这是很困难的。但是，温总理最近的讲话和政府工作报告都突出了实现社会正义与公平这个主题，我认为只要有广大公民参与，传媒也肩负起宣传、呼吁的职责，这件有历史与社会意义的公共艺术品还是有可能实现的。

苏少鑫：对于纪念碑塑像的构思，您是否已经有比较详细的设想？您觉得这座纪念碑能够给公众传递出什么样的信息？

李公明：我的方案很简单，就是受到美国越战纪念碑的启发，在一块体量较大的黑色大理石上刻上孙志刚的名字和生卒年，然后再刻上其他全国各地类似孙志刚事件的受害者的名字和生卒年；要向全国征集受害者的信息，随时增补，使类似悲剧的受害者得以被纪念，使这一纪念碑成为民族良知与社会正义最终战胜非正义、不公平现象的见证。公众从中获得的信息是政府对于建设以社会正义与公平为核心的和谐社会的坚定信心和道德反省精神，是对政府的道德勇气的重新评价。

苏少鑫：您曾认为，当代公共艺术的重要使命就在于唤醒记忆、拒斥麻木，艺术家们以“记忆”为主题的创作就是一种重要的切入角度。如果以这个为标准，您觉得应该如何评价当代艺术的状态？

李公明：中国当代艺术已进入了多元互动的时代，其状态充满了多元化发展的可能性。人们可以用多种视野、多元价值标准来认知和评价中国当代艺术。如果以我们所提倡的艺术社会观、以艺术的社会记忆使命等标准来看，我认为中国当代艺术的状态不容乐观——关注这些问题的艺术不是太多，而是太少、声音太微弱了。

苏少鑫：不仅是艺术，包括大众媒体，“弱势群体”始终是处于边缘的状态。正如在孙志刚事件之后，不少学者指出，孙志刚的“大学生”身份是其引起轰动效应的关键。这种大学生/农民工的相遇似乎不是历史的偶然。请问您是怎么看待这个问题的？

李公明：无可否认，孙志刚的身份是引起传媒更为关注和更有轰动效应的原因。但是，我认为这种不合理的、非人道的城市收容制度由于其受害者的积累和社会舆论的逐步关注，已经到了令人忍无可忍的地步了，历史的进步必然会选择它的突破口。

苏少鑫： 随着新一届领导人对于农民问题的重视，在本届全国“两会”上，有人开始要为“农民工”正名，全国人大常委会也明确了全国人大代表的农民工名额，那么，在您看来，这究竟意味着农民工的希望，还是某种遮蔽呢？

李公明： 这个问题很重要，也是孙志刚事件后留给我们思考的严峻课题。我最近写了一篇短文专门谈这个问题。我认为“农民工”、“外来工”这个概念本身隐含着国民歧视的含义。什么是“外来工”？其原意无非是指离开原户籍地到异地工作者。但是，在称谓上对“外来”的强调实质是一种建立在地域身份上的权利歧视：在户籍问题、子女读书问题、社会保险问题等等一系列问题上与原居民的区别。本来，按照国家宪法，中华人民共和国的每一位公民在工作、生活、人权等所有权利方面的国民地位是完全平等的，凡是违背国家宪法的所有权利限制应属违宪。在宪法中有关劳动者的条例和《劳动法》中都没有关于“外来工”的条款，这不是什么法律不完善，恰是表明了只有公民权利、国民地位，而没有什么“外来工”这样的身份歧视。政府应该无条件承认工作、生活在这片土地上的所有公民都具有平等的国民身份、享有相同的权利和义务；应该承认形成“外来工”观念的历史因素及其不合理性；应该有勇气抛弃任何一种含有身份歧视的观念，代之以一视同仁的公民权利、国民身份等在政治和法律上正确的关于社会人的观念。当然，要警惕的是“正名”可能产生的遮蔽性，改变或取消某种称谓并不能真正改变人的命运，关键是要有制度保障，只有合理的制度安排和法制保障才能彻底埋葬一切非人道、不公平的观念。在“外来工”的身上几乎汇集了当代中国人的一切不幸境遇（极为微薄的收入，极不人道的劳动条件，社会保障、医疗、教育、住房、交通、文化娱乐等等方面的匮乏），所有这一切问题只能通过合理的制度安排和法制保障才能解决。

2007年3月18日

（原载《市民》杂志2007年4月号）

纪念王小波，如何争做自由人

在近日读到的有关王小波的怀念文字中，我比较认同的是南都社论《纪念王小波　争做自由人》的题旨。王小波到底有多么伟大或多么不伟大其实不是很重要，重要的是这个人的生存方式和文字作品能够给我们以有益的启示：自由比一切都更宝贵。虽然，“不自由毋宁死”的观念早已有之，但在几十年身份体制与言述体制的严控下，国人俱知“反对自由主义”而不知自由为何物。在那种时代，王小波不但以其文字也以其对于生活方式的选择表明了自由的可贵与可能，这是他值得我们今天怀念的首要理由。

时至今日，自由作为一种最基本的价值和权利，所遭受到的扭曲、压制和剥夺并不比“反对自由主义”的年代少了多少，只是方式与内容变了许多。当人们有了抛弃体制身份的自由，报考公务员、争做体制人的江面上千帆竞发；当农民有了进城做工的自由，孙志刚们不明不白地客死异乡；当女人有了在大街上花枝招展的自由，砍手党已经悄悄地围拢过来；有了企业转制的自由，下岗工人成了时代的牺牲品。过去王小波说不要过别人为你设置的生活，现在最怕的是别人设置的生活中没有你。这样的时代在王小波生前已经降临，只是于今尤烈。更糟糕的是，当学者、知识分子的言述空间有了松动，更大变化却是由利益分享和学术生产体制带来的自由的奴化。给你自由并不可怕，因为世间已无陈寅恪，更没有了林昭。

自由究竟为何物？除了可以自由地呼吸空气、可以自由地逃离体制、可以自由地陶醉于思想原野的芬芳，自由还意味着介入的权利、斗争的权利、争取社会公平与正义的权利。时下不少人津津乐道的消极自由固然重要，但仅此是远远不够的。消极自由是最基本的自由、底线的自由，但它的存在是要维护的，维护的努力中离不开积极自由。在当下，阿马蒂亚·森、格林、范帕里斯、泰勒等西方学者对于积极自由的论述似乎有着更重要的意义。阿马蒂亚·森说，检验社会发展的真正尺度是这种发展是否给全社会的人带来实质的自由——免受困苦之厄的自由。而最能促进这种以自由为最高目的的发展的有效手段还是工具性的自由：政治自由、经济条件、社会机会、透明性担保以及防护性保障。一句话，自由就是发展的目的和手段。当我们知道自由是人类最美好的一种生活价值的时候，更应该知道真正的自由、实质的自由是必须以奋斗争取的。

我们或许可以想象，一个穷人可能会问王小波：我连饭都吃不安稳，我如何去想象另一个诗意的世界？我连车票都买不起，旅游的自由要来何用呢？王小波会如何回答我不知道，但据介绍，王小波不太为人知的另一面恰是对贫穷的恐惧和焦虑，因此估计他的回答不会像他的散文那样浪漫和诗意。作为经济学家的阿马蒂亚·森的回答是，这自由正是用来保障你吃安稳饭的权利、买得起车票的权利——别人无法剥夺，也不靠别人施与的权利。那么，这样的自由就更不是免费午餐，不会像太阳那样总会升起。

因此，纪念王小波的意义不仅在于鼓舞我们争做自由人，还在于促使我们思考在今天何谓自由人、如何争做自由人。如何做是一个太大的题目，中国人民一个多世纪的苦难牺牲也无法解答清楚。但有一点可能是清楚的：为了争取自由，人不能满足于做一只特立独行的猪，有时要当一只愤怒的牛虻，甚至一匹反抗的狼。

2007年4月13日

（原载《南方都市报》2007年4月15日，题为《自由非只做特立独行的猪》）

超越分歧的历史记忆与自由价值

据报载，爱沙尼亚政府于4月27日早晨发布声明说，已拆除位于首都塔林市中心苏联战士公墓（墓里埋着1944年秋天苏联红军从纳粹德国手中解放爱沙尼亚时牺牲的13名红军士兵）中的铜制苏联红军雕像。导致铜像被迅速拆除的原因是26日夜间抗议拆除铜像计划的俄罗斯裔民众与警察发生激烈冲突，造成1人死亡，56人受伤。历史上的血竟然要流淌到21世纪，而且是为了一座雕像，这很令人痛心。

在历史上，爱沙尼亚多次由欧洲各列强统治，其中包括丹麦、瑞典、波兰、俄国等。在第一次世界大战后期，爱沙尼亚开始经历漫长的在德、俄之间的被割让、被占领、被吞并以及一次次地争取独立的命运，无情战火与谈判桌下的阴谋交替塑造着这片土地上的历史记忆的沟壑。爱沙尼亚人民的无辜、无助与他们的命运一起进入到20世纪90年代初，直到那个日子，就是1991年8月19日苏联发生“8·19”政变的第二天，爱沙尼亚于8月20日宣布独立——仅从时间上就可以感受到，这些爱沙尼亚人盼望独立与自由的心情已是何等的急不可耐。从爱沙尼亚与苏联在历史上的关系来看，爱沙尼亚人多次抵抗苏联军队，最后一名爱沙尼亚游击队员直至1978年才被逮捕。经历了近一个世纪的浴火与蹈海，爱沙尼亚人民难道还没有权利决定一尊铜像的去留吗？前几天波兰总理雅罗斯拉夫–卡钦斯基宣布，政府将坚持拆除波兰各地的苏军纪念碑，更改街道和广场名称，他还说：“决定拥有哪些纪念碑是爱沙尼亚的主权权利，波兰也将是同样。拆除纪念碑、更改街道名称的问题是每个国家的内部事务，任何人都不能干涉。”这里面的逻辑力量与价值信念似乎也是不可动摇的。

但是，历史的吊诡之处就在于同时把另一套逻辑力量与价值信念也推置前台。如果说1918年爱沙尼亚德裔人抵抗苏俄红军的进攻还有正义性质的话，在二战中与纳粹德国的合作却是明确无误地站在了法西斯一边，苏联军队在爱沙尼亚的行动无疑具有反法西斯的正义性质。这使得纪念反法西斯战争的战士纪念碑具有了历史的正面意义。在爱沙尼亚130万人口中有30万俄罗斯族人，他们将苏联红军铜像视为反法西斯战争的象征；连德国前总理施罗德也认为，爱沙尼亚政府的决定是对那些将自己生命献给人类反法西斯战争事业的俄罗斯人的侮辱，同时也显示了爱沙尼亚决策者对这些军人的不尊重。《爱沙尼亚日报》最近公布的民调结果显示，49%的爱沙尼亚居民反对拆除铜像，37%的人支持，另有14%的人未做决定。

当然，对于非俄裔的爱沙尼亚人来说，苏联其实是同法西斯德国一样的入侵者、占领者，而不是解放者。他们将红军铜像视为俄国人统治爱沙尼亚的象征。自从脱离苏联独立后，爱沙尼亚奉行“排俄亲西”外交政策，加入北约和欧盟。另外，有很多媒体都暗示美国和欧盟北约在背后支持爱沙尼亚“拆碑”事件。

塔林，苏联战士公墓铜像。

其实，在所有这些历史的纷争、政治伦理的价值和现实的算计之上，还有一种维度是我们不应忘却的，那就是人性的维度、人道主义的立场。在这一事件中凸显的场所和物品是墓地与纪念像，这恰好是在西方文化语境中的环境与建筑中最具有公共性的象征，它们既可以是具体有所指向的象征，同时也可以具有超越性的怀抱与力量。死亡既凸显了性质，也会抹杀性质——重要的常常已经不是谁被埋葬、纪念的是具体的何人，重要的往往是抽象的死亡与人。在华盛顿的越战纪念碑的设计规则中，要求纪念碑应当缅怀这场战争的死难者、失踪者和退伍兵，而不是战争本身；这座纪念碑应该是抚慰性的，并超越战争的不幸。也有专门研究建筑与伦理的学者说，越战纪念碑呼唤生者去往一个超越了民族及意识形态分歧的社会。我们今天也会面对着各种本身充满意识形态分歧的雕像和墓地，但是我们知道有一种超越分歧的历史记忆与自由价值是最值得我们牵挂的。从这一意义上说，爱沙尼亚政府这一拆迁纪念雕像的行为所唤起的恰是民族与意识形态的分歧，尤其是身处还堪称强大的邻国旁边，爱沙尼亚政府是有点失算了。

2007年5月13日

（原载《南方都市报》2007年5月15日）

有一种计算方法叫无耻

前些日子我参加了某机构召开的城乡居民最低生活保障制度座谈会，目的是为次日省级机关召开的同题会议“建言献策”。会上我坦言：今天的与会者无一是需要低保者，可以预计明日的会议更不会邀请需要低保者参加，讨论事关一部分群体的基本生存问题的座谈会、决策会却可以没有这个群体的代表参加，这是一种多么严重的对人的权利与尊严的漠视。

目前我国实行的最低生活保障线的标准不一，许多欠发达地区是每人每月50元或60元，某地新闻报道中还以《低保水平提高到每月50元》为题以示政绩。各地的物价水平、生活指数当然很不相同，但是，在今日的中国，一个月50元是无论如何也无法让一个人以“人”的名义活下去的。即便广州等发达城市是每月300多元，其艰辛和屈辱也是可以想见的。

好吧，50元也认了。但是，政府的工作要做得细致、做到公正，于是就有了先核算和扣除低保家庭的现有收入，然后才对人均每月不足50元的部分予以补足——是补足到50元啊！据报道，这种核算的方法各地有不同，低保家庭自种的菜、自栽的树等等都要算作家庭收入，甚至自家养的一只鸡，还要按照年产300只鸡蛋换算成家庭收入——天哪，谁能保证那只鸡今年一定能下300只鸡蛋！

类似的计算方法据说有13种之多，以13种计算方法去算计恩赐给那些老弱病残者、无业生活无着者的50元，这怎能不让人泪流满面？！环顾今日之中国，公车、公款旅行、公款吃喝、巍峨壮观的办公楼、让全世界惊叹的盛世豪华建筑等等，那些每年以万亿元计的公共支出又是一种什么样的计算方法呢？无论如何，以年产300只鸡蛋的计算方法来扣除低保款，这只能说是太无耻了。

普天之下，天晓得还有多少这样的老人、病弱者的50元或60元救命款被那些无比认真、细致的计算方法从中扣除；我们也还可以想象得到，那些官员会何等振振有词地、耐心地向我们解释那些扣除计算方法是如何经过周密调研、科学论证、民主协商而得出来的。看来，尽管政府官员中的很多人都顶着博士、硕士的头衔，但是他们的小学算术课都是不及格的——在各种算式的两边都缺少了必要的前提：作为人的良知。

2007年9月

（原载《南方都市报》2007年9月19日）

“十月革命”的硝烟与历史真相

近日来，一些学者撰文回顾俄国“十月革命”事件的历史，这段历史实在应该引起公众的更多关注。然而，与华南虎事件一直沸沸扬扬相比，对于俄国“十月革命”90周年的思考却似乎有点冷清。本来，前者的意义在于公共舆论对于事实真相的追问，而后者正是为这种形式的追问和思考提供了一个最具深刻意义与现实关怀的历史个案。

“应该占领冬宫！”——我们这一代人就是这样在《列宁在十月》的台词中长大，然而当崔永元准备在《电影传奇》中再一次攻打冬宫的时候，却被俄罗斯驻华大使馆泼了点冷水，他被正式告知：“历史的真实不是电影里所讲的那样，不能再影响下一代！”据说早在20世纪70年代，中国人在冬宫访问时就被讲解员告知，那个“攻打冬宫”的晚上根本没有发生过什么像样的战斗。今天，关于“十月革命”的真相在国际历史学界早有客观、公正的定论；在国内金雁教授等专家学者的文章中也都已经有了较为详尽的论述，比起“华南虎”事件的硝烟未歇来说，应该说其历史真相早已是毋庸置疑。

然而，现在的问题是，有不少人仍然对于历史的真相讳莫如深，仍然要极力维护那些长期以来灌输给人们的神话。看来，辨别老虎的真伪并不是很难，要让普天下的人都明白老虎的真伪却是不易。为什么在真相被说出之后，假象仍能遮蔽人们的眼睛呢？过去我们都听过这句关于谎言的格言：谎言被重复一千次就成为了真理。金雁教授告诉我们，在苏联时期出版的神化“十月革命”的著作竟有数十万种之多，仅1958—1959年就有七千多部这类内容重复、假话连篇的著述出版。

毫无疑问，长达半个多世纪的漫长岁月，浩如烟海的历史著述，再加上更为浩如烟海的普及读物、儿童读物、文艺作品，都在不停地灌输着历史的谎言。于是，就引起另一个角度的思考：为什么谎言可以长期存在？

实际上，早在1918年“十月革命”刚完成夺取政权的时候，卢森堡就向列宁及其党人敲响了警钟：“没有普选，没有不受限制的出版和集合自由，没有自由的意见交锋，任何公共机构的生命就要逐渐灭绝，就成为没有灵魂的生活，只有官僚仍是其中唯一的活动因素。” 就在这一年，普列汉诺夫也说过：“布尔什维克不能给人民以民主和自由，他们在半年的时间里查封的报纸杂志，比沙皇当局在整个罗曼诺夫王朝时代查封的还要多。”列宁对这些也从不隐晦，他在1920年12月10日回答西班牙工人代表的话就是：“我们从来都不讲自由，而只讲无产阶级专政！”

在半个多世纪前，也有一位中国人说出了真相：“无产阶级民主不是一个空洞的名词，其具体内容也和资产阶级民主同样要求一切公民都有集会、结社、言论、出版、罢工之自由。特别重要的是反对党派之自由，没有这些，议会或苏维埃同样一文不值。”“应该毫无成见地领悟苏俄20余年的教训……试问斯大林一切罪恶，哪一样不是凭借着苏联自十月以来秘密的政治警察大权，党外无党，党内无派，不容许思想、出版、罢工、选举之自由，这一串反民主的独裁制而发生的呢？” 可惜的是，说这话的人叫陈独秀，他晚年的声音太微弱、太不成气候了。

影片《十月》（爱森斯坦导演）中攻打冬宫的镜头，常被用作历史照片。

“假的就是假

的，伪装应该剥去”——毛泽东的这句名言说得很干脆，但是他老人家忘记了一件事：没有了自由的公共舆论，在哪里“剥”呢？“十月革命”的第二天，彼得格勒革命军事委员会查封了多家报纸；第三天列宁签署的《出版法令》肯定了这一做法。高尔基极力反对布尔什维克侵犯言论自由，他把是否有言论自由当成区分专制和民主的分水岭。他在《请工人们注意》一文中，指出列宁消灭出版自由的目的就是以“堵嘴”获得自己的合法性。他说：“列宁和他的追随者们在迫使无产阶级消灭出版自由之后，也就以此为民主派的敌人把堵住民主派的嘴的权利变成合法的了。”（见《不合时宜的思想——关于革命与文化的思考》，江苏人民出版社，1998年）由此可见，知道真相不是很难，能够保证说出真相、传播真相才是社会获得进步的福音。

2007年11月26日

（原载《南方都市报》2007年11月27日）

信息自由是反击诬蔑最有力武器

美国CNN主播杰克·卡弗蒂在他的节目中说中国人是笨蛋和恶棍、中国产品是垃圾，这件事引起许多中国公民的愤怒和中国外交部的抗议。我注意到在网上（不知是否也在纸媒上发表过）有一篇题为《CNN主播到底使用什么英语单词羞辱中国人？》的文章，作者张放从词源、现通用义等角度对“goons and thugs”和“junk”这三个词进行了释读，然后把他的原话整段地抄引出来。我认为这是一种很有理性、很讲道理的做法，值得一谈。

首先，作者在文章的开头就说：“有人骂了你，你一定要知道，对方使用了什么样的词骂了你。这样，你就可以决定怎么样回应。此外，你还要弄明白，骂你的人为什么要骂你，是对你有成见，还是你有什么问题在对方那里没有得到很好的解决？还有一种可能，就是指桑骂槐。另外就是，被骂的对象到底是你还是另有其人。”本来这是常识，在生活中凡有健全理性的人在遇到谩骂时可能都会沿着这样的思路去想问题。但是在对于杰克·卡弗蒂的铺天盖地的讨伐声中，这种声音很稀少；在新闻报道和政府发言人的正式抗议言论中也没有表现出这样的理性思维。我认为，道义上的愤怒可以理解，但这与理性的思维和表达并不是相矛盾、相排斥的。恰好相反，尊严与正义的真正捍卫者首先必定是理性的、讲道理的。我想应该警惕的是有人热衷于以愤怒取代理性的分析、以情绪鼓动民众。

其次，反对任何谩骂、诬蔑、造谣的最有力的方法是彻底公开全部真相、全部言论，让公众获得分析、思考和发表个人见解的最基本平台，只有这样才能使政府避免一切断章取义、隐瞒更多的真相、掩盖不利于自己的事实等等嫌疑——我想这是不难明白的，只要过去的生活经验使人们的头脑中还存有一点这样性质的怀疑，即便说了真话也难以被人相信。从这个意义上说，造谣、谩骂并不可怕，可怕的是：如果我们在造谣者和谩骂者的面前没有勇气公开全部真相、全部言论，如果我们没有勇气让媒体自由地发表一切观点，实际上我们就成了造谣者、谩骂者的帮凶——他们不正是口口声声指责我们不敢让人民知道全部的真相、不允许人民自由发表意见吗？因此，信息自由权的真正实现是反击任何造谣、诬蔑的最根本途径和最有力的武器。

还有就是，对于那些谩骂我们或讨厌我们的言论，应如何进行性质上的判定——这种判定首先会通过我们所使用的词汇表现出来。比如在这一事件中，中方发言人对卡弗蒂言论使用的描述词汇是“恶毒攻击”、“诋毁”，对他本人使用的描述词汇是“傲慢”、“愚昧”和“仇视”。显然，中方发言人所使用的这些词汇是最容易被国民理解的，因为它们都曾是那样地为全体人民所熟知。但是，它们是否真的是那么恰当呢？我并不是说它们太过火、太政治化了——这些都是需要有了研究才能发表意见的，而是想说，从个人的生活经验而言，这些词汇由于是曾经熟悉的，在今天的运用是否可以再认真地斟酌一下呢？比如，什么叫“恶毒攻击”呢？当“恶攻罪”的血泪记忆还没有从这一代人的脑海里消失的时候，我们该怎样在今天的语境下正确地理解什么是“恶毒攻击”？上引张放的文章只用了一个对此言论进行定性的词汇：“羞辱”，说他“羞辱中国人”——不是“中国人民”。这些难道是没有意义的区别吗？

2008年4月16日

（原载《新快报》2008年4月17日）

迈向实现公民知情权的途径

《政府信息公开条例》正式开始实施，南都社论对此已作了透彻的评述，认为这仍是政府主导下的有限信息公开，行政权力之手难以自解信息公开之结，只是期待这是一个闪光的信号。所言极是。但如何使这个闪光的信号成为照彻现实生活的阳光，公民们的维权意识和不懈努力恐怕更值得期待。

根据新华社的消息，公民可以主动向政府申请获取所需要的政府信息。但是如同我们一贯所意料到的，这个条例本身就充满了一系列悖论：有四类信息须主动公开，但谁来界定是否“涉及公民、法人或其他组织切身利益”？谁来界定“需要公众广泛知晓或参与”？公众如何才能知道根据什么法律、法规和有关规定政府应当公开什么信息？在“答复”的环节中，政府可以掌握着是否“属于公开范围”的决定权，但公民能否事先就清楚知道什么是“公开范围”呢？难道公民必须一千遍、一万遍地去“试错”吗？公民如何能够确认政府可能答复的“该信息不存在”为真呢？换句话来说，这个信息公开条例本身就先要解决信息公开的问题，我们不能期待一个本身就充满了黑箱操作的可能性的条例能为公民实现知情权；在公民可以知道什么、政府必须说出什么都晦暗不明的情况下，信息公开条例很容易流于一纸空文。

从理性思维的角度来看，要准确界定什么是“切身利益”、“公开范围”几乎是不可能，也没有必要的。比如，作为一个公民，假如就是为了个人的兴趣、好奇而要获取政府信息，难道就不是他的“切身利益”吗？又比如，政府领导人的私人生活中与公共资源、社会利益等有关联的那部分待遇、言行等等情况是否属于“公开范围”呢？如此等等的问题可能是无限的。因此，真正需要首先界定并广泛告知公民的是“非公开范围”；在《政府信息公开条例》出台之前先修订好《保密法》。过去制定的《保密法》、《档案法》的问题还不仅仅在于“标准过严、范围过宽”，而且更在于对于何谓“国家机密”等概念从没有明确界定，很容易就造成“欲加之罪，何患无辞”的冤案。严与宽是尺度问题，明确与晦暗却是政治公开性的原则问题。显然，很有必要从《保密法》的角度解读和研究《政府信息公开条例》，而目前的《条例》中似乎并没有提及《保密法》，这种逻辑上的中断和法规上的分离是很值得关注的。从现代民主政治的原则来看，除非是被明确界定的事关国家与公众安全的机密，其他任何一切政府信息都必须是公开的、透明的。《政府信息公开条例》应该明确地宣布和坚守这一原则立场。

另外一个问题是这个条例的性质。它是由国务院制定的行政法规，是对行政机关的规定。根据政府舆论的说法，“它在建设公开透明的政府，保障公众知情权、监督权方面带来深刻影响”，因此，在条例中充满了“政府应当主动”等等说辞也是很正常的。这个法规的施行当然会推动实现公民知情权的进程，但是它本身并非是对公民知情权的法律规定。所以，我认为仅有这一行政法规是远远不够的。

在现代政治民主制度中，公民的权利范围一般来说必然包括“信息自由权”，许多国家更有相应的法律制度对此实施保障。在英国学者恩靳·伊辛等主编的《公民权研究手册》（浙江人民出版社，2007年）第20页“公民权利的范围”中，在个人政治权利之下就有“信息自由权”一项，其中就包含有公民知情权。该手册还提到政治权利中包括有免费获取政府信息（如美国的《信息自由法》）以及

邝飚《脱吧！到你了！》，漫画。

进行政治查询的权利，而且还包含有政府应该为公民实现其知情权提供物质上和技术上帮助的规定。阅读了这本手册之后，我深感由民间机构与政府有关部门共同磋商，编写出符合中国公民权益和切合实际的《中国公民权指南手册》的必要性。

毫无疑问，实现公民知情权是实现民主政治的关键之一。公民知情权不是从天上掉下来的馅饼，公民知情权的实现不能靠谁来开恩。公民，只有公民自己才是实现公民知情权的真正可靠的力量。

2008年5月1日

（原载《云南信息报》2008年5月2日）

让法制建设在救援与重建中不断完善

在举国救灾、普天同哀的日子中，我们不能只是让悲怆和焦虑淹没心灵；我们深知前面的路还很长、很艰辛——有多少病残之躯需要治愈、多少孤苦无告的心灵需要抚慰、多少坍塌的家园有待重建！我们在内心释放悲悯创痛之情的同时，更应不忘唤醒坚强的勇气和理性的精神，以生之坚强与社会之进步告慰逝者、造福后人。

随着抗震救灾工作的深入进展，原来的社会管理制度以及相关法律的软肋开始呈现，可以说，法制建设的重要性已迫在眉睫。

例如，在这次巨大的灾难中，除了人员的伤亡外，建筑物的倒塌损毁是最直接、最重大的经济损失。近日央行宣布正在研究灾区按揭还贷问题，表示对于特殊时期出现的特殊情况和问题应该用特殊的解决办法；央行将找到一个妥善的解决办法，既保护商业银行的利益，同时更要保护好广大民众的利益。但是有法律专家认为，根据现行法律，借贷关系不会因自然灾害而自动结束，无论是屋毁人在或是屋在人亡，并没有相关的法律予以规定。从具体法律的性质来看，《物权法》是否最接近这类问题，从而有必要作出特殊灾害中被损毁物权的处置规定？对此我完全是外行，但是如果没有相应法规上的严格界定和处置，单纯依靠商业机构的“妥善解决办法”，恐怕无法完全消弭种种纷争，对于灾后凝聚人心、重建和谐家园会有不利的影响。

又比如，这次受灾损毁的建筑物中最受举国关注和最令人痛心的是学校的校舍，人民要求惩治学校校舍豆腐渣工程的承包者和相关责任人。《中华人民共和国义务教育法》第十六条规定：“学校建设，应当符合国家规定的办学标准，适应教育教学需要；应当符合国家规定的选址要求和建设标准，确保学生和教职工安全。”但是，对于其中的选址要求和建设标准并没有明确的相关说明。即使在现行民用建筑标准中列有学校校舍的相关标准，但是能否具有法律约束效力和监控可能，都亟待引起关注。近日云南省教育部门积极表示要加强校舍抗震设防工作的管理，要采取排查隐患、拆除危房等措施保障学校的安全，这都是很值得赞扬的做法。假如在《教育法》的“学校建设”条文中明确指定所适用的建筑法规，以此作为审批、监督和验收校舍工程的法律依据，将会使保障校舍安全的工作落到实处。

还有，在这次全民动员、举国救灾的过程中，民间机构如何与政府部门在接受社会捐赠的问题上达成良好的互动关系，也值得思考。根据中华人民共和国民政部公布的《救灾捐赠管理办法》规定，救灾捐赠受赠人包括：（一）县级以上人民政府民政部门及其委托的社会捐助接收机构；（二）经县级以上人民政府民政部门认定的具有救灾宗旨的公益性民间组织；（三）法律、行政法规规定的其他组织。但是在现实情况中，除了第一条以外，其余两条的存在与运作是远不够明晰的。很多民间组织实际上不知道自己是否具有合法的募捐资格，民政部门与民间组织的沟通也远未做到全面、深入，致使民间的救灾捐赠活动的开展难以顺畅。实际上，随着我国社会转型的不断深化、全球化趋势对于我国慈善事业和机构的发展推动的影响不断加大，民间机构和组织已成为社会救灾捐赠工作的重要力量，其法律地位、权利、义务等相应规定应该尽早确立。

抗震救灾工作实质上是在非常状态下对一个社会的救治与重建，所涉及到的难题之多、覆盖领域之广是无法胜数的。在这里，既有对国家伦理、技术力量和民情舆论的考验，同时更充满了对于社会与人性管理的根本枢纽——法律建设的考验。我们应该清醒地意识到，“中国雄起”的根本在于制度安排的更新建设；应该清醒地意识到，巨大的灾难并不会自动地促使历史的进步，除非我们以此为契机，让法制建设在救援与重建中不断完善，脚踏实地地提升我们的政治文明与法制建设水平。

2008年5月20日

（原载《广州日报》2008年5月26日）

生命中必须承受之痛

谁也没有料到，2008年的中国会是如此的涕泪横飞。尤可悲者，无数死者将坟茔难觅，日中的废墟是暑气蒸溽，夜里则是雨中闪烁的碧磷。而生者的路还很漫长，何以解忧？何以安顿惊恐无状的或幼小或年颓的心灵？此时此际检读《艺文类聚》卷三十四“哀伤”部，纷闻逝者凄怨、生民艰危、孤寡常悲之声，有很深的感触。尤其是想到很多村野山民，真真是“伤哉贫也，生无以养，死无以为礼”，令人有很激愤的冲动。再翻读从前的读书手札，续写数端，以遣悲怀。

哲学家对灾难宿命论的思考

历史上真正巨大的灾难和痛创往往都是在人们懵然无知、毫无预防之际降临，这就使生离死别的无常和巧合成为宿命论的注解。假如事先能获知神谕而企图趋吉避凶，每个人的命运会因此改写么？许多劫后的幸存者一定会有这种撕心裂肺的追问，这是生命中必须承受之痛。然而，在毛姆的剧作《谢佩》中有一个著名的故事，那个残酷的“萨迈拉之约”：一个仆人在巴格达的菜场上撞见了死神，于是他为了逃避死神而急忙骑马逃往萨迈拉。死神对其主人说，我被他在这里出现吓了一跳，因为原本和他今天晚上在萨迈拉有约。其实，古希腊悲剧作家索福克勒斯的《俄狄浦斯王》早就提出了这样的悲剧命题：由于预知和逃避但反而最终应验了厄运，似乎说明了宿命的难逃。那位被称为古希腊悲剧之父的埃斯库罗斯的命运更是一幕悲剧：他眼看房子要坍塌就跑到空地上，结果刚好有一只鹰在他头上飞过，鹰爪里抓着的一只乌龟掉下来刚好把他砸死！

正因为知道生之脆弱与无常，也知道命运之吊诡与残酷，人类自古以来就有数不清的咏叹、图像、舞蹈、音乐和仪式以叩问命运和死神。人类学会了理解"乐极生悲"的箴言，蒙田说古埃及人在大宴宾客时，把死人的干尸与酒菜一起摆上来；古罗马抒情诗人贺拉斯的诗句使人格外珍惜每一天："照亮你的每一天都当作最后一天，赞美它带来的恩惠与意外的时间。"以珍惜和感恩对抗生之无常，劫后的幸存者当然是更有体会，但其实所有人应如此。古罗马作家西塞罗说，探讨哲学就是为了迎接死亡；蒙田说得更清楚："谁学习了死亡，谁也学习了不被奴役。"他提倡让心灵开朗飞扬，在死亡的阴影中走出来，以自由的浩气取笑和蔑视命运的残酷。这就是哲学对灾难宿命论最有力的回答——也就是对注定要承受痛苦的心灵的最大慰藉。

死亡与痛苦是人类真正的试金石

在中世纪，死亡的幻象无处不在。荷兰著名学者赫伊津哈认为这是人类历史上对死亡问题最为关注的时期；他还指出在当时基督教的教义中，有关死亡的训诫不断增加，另外通过布道、合唱和木刻图像得到广为宣传。由于当时面向大众的技术手段毕竟粗糙，这些关于死亡的训诫都是以简单、朴素的形式表现出令人震惊的效果。在这些训诫中凸现出来的三个主题是：一、曾在世上辉煌一时的人今在何处？二、人的美好变为腐朽后的可怕图景；三、死神之舞是如何劫掠一切？第一个主题所唤起的只是惆怅的追忆，第二个主题表现为艺术创作中的骨骸与蛆虫、迅速腐朽的尸体，然后死神之舞则是最为核心的观念——从舞台表演到绘画与雕刻都反复表现了这一主题。它唤起了一视同仁的恐惧，所测试的是人类对于死亡之痛苦恐惧的全部想象力与表现力。当时几乎没有人不认为人生就是苦海，几乎所有人的内心都被绝望与痛苦所充塞着："我的心中满是悲哀和无望，/ 而痛苦又紧紧抓住了我，/ 我眼中总是满含泪水，/ 唯一企盼的只是死亡。"

西谚有云：灾难是人类真正的试金石。其实，关于灾难的观念同样也是一种试金石。由死亡与灾难观念而引发的宗教战栗使中世纪人充满恐惧与悲悯的情感，也促进了平等的观念。人们并不忌讳死亡与墓地，商店紧挨着停尸房，妓女在墓地中招徕主顾，甚至宴会也可以在这里举行。当时的人还有一种很频繁的精神享受，就是观看对死刑犯的行刑。盛大的场面，死刑犯的悲泣，最后时刻的来临，这一切都使所有人悲恸不已，个个被感动得热泪盈眶。另外就是葬礼上的集体哀悼仪式，极度悲痛的气氛中人们泣不成声，到处是震天的悲恸声浪。中世纪人的爱痛哭、爱流泪肯定是人类历史上空前绝后的，虽然他们的死亡观既不神圣也不深刻，既不超脱也没有带来安慰，但很强烈、很真实。

与中世纪死亡观的普遍性真实相比，其他时代的虚假悲哀相对较多一些。莎士比亚早就说过："假装出一副悲哀的脸，是每一个奸人的拿手好戏。"（《麦克白》第2幕）而斯威夫特对人类的伪善言行和心理的揭露更是十分著名，对于悲伤他同样没有放过："人们的悲伤多半是假惺惺的，即使是真的哀戚。"（《致丁丽夫人的信》）其实这也是中国传统文人早就认识到的问题。还是翻检《艺文》，得沈约《宋书》载："世祖与群臣至宠妃殷贵妃墓，谓刘德愿曰，卿等哭贵妃若悲者，当加厚赏。德愿应声便号恸，涕泗交横，上甚悦，以为豫州刺史。上又令羊志哭，志亦呜咽甚哀。他日有问志者，卿那得此副急泪？志答曰，我尔日自哭亡妾耳。"值得注意的是，这种假哭固然可以用来说明世祖和他的大臣是如何虚伪，但也可以由此追溯于人类最古老的本性。当代西方著名哲学家齐泽克以原始部族中存在的"哭灵人"（weepers）——有些妇女专门充当丧葬中的哭泣者——来说明最隐秘的信仰，甚至诸如怜悯、哀泣、悲痛、高兴之类的最隐秘的情感，都可以转移、转送他人，而不损失其真诚性。他还特地提到了在古希腊悲剧演出中的合唱队，是他们使观众完成了对悲哀和怜悯的感受，从而减轻了焦虑。

历史如何书写死亡

当历史书写着死亡之页，死亡本身并不能完成书写和为这一页打上句号，而是必须等待对死亡的描述、认识、判断；更何况我们是多么熟知死亡被刻意隐瞒、被违心诬蔑的历史，意义重大的死亡之页常常要经过漫长的期待、斗争甚至以付出新的死亡为代价，才能完成它的书写、才能最终掀翻过去。当这种情况出现的时候，我们才明白死亡的完成是多么困难的事情，我们才发现有多少次微风试图掀动这死亡之页，有多少次阳光试图穿透这死亡之页，但是我们仍不得不在黑暗中等待。知道为何历史对死亡的书写如此难于完成吗？因为死亡实际上从来没有对正义、不朽、记忆、平反等等有过承诺，但是在我们的文艺中最常见的台词却是“你的血不会白流”——难道我们耳闻和眼见的白流的鲜血还少么？历史之神常给人这样的诱惑：公正、永恒，实际上却有无数的冤屈，遗忘像阎王一般在黑暗中守候着死亡的降临。我们就说一个不太为人注意的匈牙利的例子吧。从1989年起，匈牙利人开始悼念在以往政治史上被处决的人——与卡达尔政权有关的政治死难者。1995年在布达佩斯召开了一个研讨会，讨论如何庄严地给予死难者一种纪念仪式，以及一块新的墓地。这才可以说进入历史书写死亡的结语篇章。专门研究死亡史的法国学者米歇尔·沃维尔认为匈牙利人这种做法体现的是和解，而不仅是忏悔。是啊，这一页的翻动往往不是为了党派复仇或历史清算，而是实现一种共同面向未来的和解。只要这一页翻不过去，内心的裂痕将永远无法修复，和解永远无法真正降临。

当然，也有一种掀开历史之页的标志性时刻，虽然没有经历什么艰难的书写，却是那么自然而然地产生象征性的意义。沃维尔说，随着斯大林或佛朗哥的死，我们的感觉是一页历史翻过去了，那就是个人崇拜的一页。在我的亲身经验中，因大人物的死亡而意识到历史的改变并非是历史学家的专利，而是芸芸众生都可能会有的认知。当个人或社会无力主宰自己命运，某些人的谢幕的确就是开启了历史上新的一页。

关于死亡的眼泪与思考

过去我读古希腊历史学家希罗多德的名著《历史》，曾为书中（第六卷）提到的一段史事深深感动，并把它写入我的教案。公元前500年，小亚细亚的希腊城邦米利都发生反抗波斯统治的起义，结果于公元前494年被波斯人血腥镇压。米利都城失陷，大部分男子被屠杀，妇女儿童被掠卖为奴隶，神殿与圣堂被劫掠、焚毁。希罗多德接着谈到两件事。在过去，当叙巴里斯人被克罗同人掳杀时，全体米利都人不分老幼都剃光了他们的头以表示哀悼；而在米利都悲剧发生后，叙巴里斯人却没有任何表示。希罗多德因此认为叙巴里斯人没有对米利都人给予公正的回报。在这里我理解了米利都人为什么被称为“爱奥尼亚的精华”，除了这里是诞生人类历史上第一个哲学学派的城邦以外，他们对外邦的死亡悲剧的反应凸显了感同身受的伟大的悲悯情怀。同时我们还可以进而思考一个问题：关于死亡的情感作为一种回报，还具有伦理学上的公正性。在人类各族群之间的维系已远较古代紧密得多的今天，对发生在异国的屠杀、自然灾难等等悲剧表示感同身受的哀悼，不仅是为了抚慰情感，而且更重要的是体现人类社会的正义立场和原则。

另外一件事是两年后在雅典上演了诗人普律尼科司创作的悲剧《米利都的陷落》，全场观众无不失声痛哭。但意料不到的是，希罗多德接着说："他们由于普律尼科司使他们想起了同胞的令人痛心的灾祸而课了他一千德拉克玛的罚金，并且禁止此后任何人再演出这出戏。"我曾对此感到不解：如果说是雅典人不愿意揭开创痛的伤口，为什么还同意排演这出戏呢？被深深打动以至全场痛哭，不正是说明创作和演出都极为成功吗？当时我认为希罗多德的叙述是有点自相矛盾。其实，真正导致作者被罚的原因是过于煽情，古希腊人认为好的悲剧应该使人的心灵得到"净化"和"升华"，而不是简单的发泄悲情；真正好的戏剧应该使人思索人生与命运的问题，而不是使人哭个昏天黑地。据说在欧洲语言中，"戏剧"与"理论"这两个概念有着相同的词源，都有"全神贯注地观看"的意思，观看是为了思考。理解这一点很重要，在悲剧中单纯的煽情并不难做到，难的是把握情感与理性的平衡。

在我们这一代人的革命艺文记忆中，悲痛的煽情从来都不是所追求的效果，在这点上似乎与古雅典人可以相比。在电影《英雄儿女》中，王芳创作"英雄赞歌"，志愿军师长批评说她没有把英雄哥哥写好，王芳委屈地说她一直是流着眼泪来写的，师长一针见血地说光是眼泪不能写好你哥哥。的确，我们的革命文艺从来只有"赞歌"而没有"哀歌"，从来只有青松翠柏而没有萋草斜阳。在"文革"后期，全国人民看到了一部来自友邦的故事片《卖花姑娘》，电影院里一片抽泣之声，是很出乎意料的。在这里需要细心分辨的是，在雅典人是不想被悲哀的泪水冲垮理性的堤坝，在我们却是害怕悲恸的情感浇灭了狂热的忠诚和残酷的斗争意志，两者之间的差异极为巨大。

美国普林斯顿大学研究古希腊悲剧的教授曼德尔松在解读以"9·11"为题材的影片《世贸中心》时，先谈到了《米利都的陷落》。他认为剧作家过早将历史改写成戏剧，雅典观众哀恸不已，指责剧作家伤害了他们的感情，因此要罚款和禁演；也就是说，在屠城两年后雅典人还沉浸在对被屠杀同胞的哀思中，尚无法以欣赏的心情去观看剧场中的这幕屠城悲剧。因此，曼德尔松教授得出结论：雅典人对《米利都的陷落》的强烈反感不是审美意义上的，而是对被撕开了记忆的创伤所做出的过激反应。这种解释并不一定很正确，但是他实际上提到了煽情与真正的、难以言述的哀思的问题，的确值得思考。然后，他对斯通执导的这部《世贸中心》表示失望：这部电影把一个有复杂社会、文化信仰和国际政治大背景的事件，拍成了一部讴歌两个港务局警察英雄事迹的"真实电视"；虽然表现了普通美国人的善良和勇敢，却没有勇气面对这一悲剧背后的政治现实。而众所周知的是，斯通原来是多么擅长于拍摄深刻的、批判社会现实的政治片。这一评论无疑是极为深刻，它呼唤美国人民睁大已被泪水模糊的眼睛，关注真实而残酷的国家政治。

当灾难降临和滞留的时候，什么是生命中必须承受之痛？这个问题之复杂、敏感可能会远远出乎人们的想象。随着时间的增长，痛苦会逐步呈现它的全部形象；随着时间的流逝，它也会逐步消隐。在古典文献中，人们找到的终止悲哀、抚平痛苦的最有效方法是《奥德赛》中海伦从埃及人手里拿到的灵药，"把药物放在他们调和酒的碗里，这药有消除悲哀、愤怒、痛苦记忆的力量"。

在现实中虽然没有这样的灵药，但是社会的进步就是最好的灵药。

2008年5月25日

（原载《南方都市报》2008年5月30日）

需要耐心阅读和倾听的索尔仁尼琴

索尔仁尼琴离开了这个曾令他无比痛苦但又无比眷念的世界，“别了，索尔仁尼琴”的声音一时间回响在世界各地；人们真诚地赞扬他作为一名作家的良知和道德勇气，同时也都不乏对人类今天的处境和各自国家和民族的问题进行反思。在这时候，我们在继续收集信息、编撰文章和传播各地的悼念、回顾文稿之余，应该思考的问题是：他遗留给世人的精神遗产极其丰厚，我们做好了理解、吸收和研究的准备吗？在人们普遍认为这是一个精神浮躁的年代的情景中，我们还有足够的耐心阅读索尔仁尼琴吗？

就以他最重要的作品、他献给这个苦难的世界最诚实和最尖锐的见证《古拉格群岛》而言，有多少人曾耐心地把这部140万字的巨著读完呢？这部以苏联劳改营为中心的作品综括了苏联全国的劳改营，时间跨度长达40多年，涉及的人物、个案好几百个，所运用的叙述方法既有历史学的叙事也有报告文学的、哲学沉思的、档案梳理的、主观随感的等等。整部作品就像一

索尔仁尼琴，1953年刑满释放前摄。

座多音调、多角度和多元风格的宏伟大厦，历史、苦难、良知、勇气等等概念在这里不是廉价的、浅薄的标签，而是在每一个搜捕之夜、每一间牢房、每一阵无耻的掌声中一点一滴地铸炼出来的。我们需要的是在细心的阅读中发现和思考专制极权对人的尊严的摧残是如何的无孔不入；我们需要的是在细心的阅读中体会和培养反抗的勇气和坚韧的精神；我们需要的是在细心的阅读中学会倾听索尔仁尼琴内心最痛苦的心音和最隐秘的自语。只有这样，索尔仁尼琴之于我们才不仅仅是一种精神上的符号，而更是一笔宝贵的精神资源。

即便是从知识学与文学欣赏的角度来看，索尔仁尼琴也是需要耐心阅读，才能领略这位文学大师的渊博与魅力。如《古拉格群岛》，索尔仁尼琴在书中所运用的语言、所创造的词汇、通过词汇所揭示的现象，本身就是一部专制极权下劳改生活的语言索引。很有意思的是，作者在劳改营里唯一拥有的一本书是19世纪编纂的《大俄罗斯语详解辞典》，因此他的书中不乏古旧俄语和俗语、谚语，而且还有大量的“劳改营语言”和江湖黑话，以至西方国家还出版了专门的索尔仁尼琴字典。作者根据1926年颁布的苏联刑法“国事罪”一章第五十八条把苏联政治犯称作“五十八条”，书中的“五十八条”无处不在，奇怪的是我们对它们毫不陌生，不必依赖专门的辞典就能准确理解。第一卷第60页开始较为集中地论述刑法中的第五十八条，可以为任何跨国比较研究提供很有价值的框架和个案。匆匆地浏览无法使我们对这一切感同身受，不细心阅读我们就将失去最有价值的研究资源。

与俄国人相比，中国的读者是比较幸运的。《古拉格群岛》俄文版于1973年12月至1975年在巴黎陆续出版，但苏联国内对索尔仁尼琴作品的禁令到了1989年才宣布解除。中国大陆的中文版则于1982年就以“内部发行”的名义出版。但是，20多年来，我们又有多少阅读和研究的成果可以无愧于这份珍贵的思想与文学遗产呢？

而且，阅读作为一种行为，它还有在广场上或阁楼里高声朗读的可能，而这更有可能是一种生活方式的开端。“和往常一样，那天的起床钟也在早上五点钟就响了。在工作人员的住处旁边挂着一段铁轨，他们就用铁锤敲打铁轨，叫醒所有人……”在莫斯科，一位名叫恰利杰的中学生在当时朗读着

《伊万·杰尼索维奇的一天》，并且录音；后来他说："我记得大家都非常激动。我把整个小说都录在了磁带上，给我的每一个朋友听。那可能是我作为一个持不同政见者的生活的开端。"这部中篇小说于1962年11月发表在苏联《新世界》杂志上，其后有200多人给索尔仁尼琴写信，讲述他们在劳改营中的经历。

这是细心阅读、朗读和倾听的力量。

2008年8月5日

（原载《南方都市报》2008年8月6日）

让维基解密在……飞

在“可口可乐”之后，我认为中文翻译界最棒的译名就是“维基”。

维基百科（Wikipedia，2001）之后，又来了维基解密（Wikileaks，2006），这个Wiki是什么意思，为什么是“维基”？网上会告诉你，Wiki是一种可供协作的网络技术；而中文的“维基”不仅是音译，更重要的是，“维”字义为系物的大绳，也做网解释，可以引申为互联网，“基”是事物的根本，或是建筑物的底部。Wiki，难道还能想象有更好的汉名吗？

一个是百科全书，一个是专门公开来自匿名来源和网络泄露的文件，两者的性质完全不同；两个Wiki虽然同名，实际上却没有关系，除了后者在早期曾与前者共同使用Wiki引擎。然而我认为它们之间的深刻联系却在对人类思想的作用中存在：相信真理与揭露谎言，不正是一种最根本的联系吗？它们之间的不同也是饶有深意：一个是双向的、开放的，谁都可以为它作出贡献；另一个是单向的、加密的（虽然一开始曾经也是开放的），只有知情者或文档使用者能够作出贡献。更重要的是对其功能与作用的道德伦理评价的不同，后者受到尖锐对立的赞扬和批评。

如何看待维基解密，几乎可以反映出一个人的政治与道德立场。维基解密的创始人阿桑奇说：“维基解密发布的每一条消息，都在同时向强权传达另一个信息，那就是你所做的事情，总有一天会被人发现、揭露和重新审视，而你必须承担由此带来的后果。”这里首先涉及政府是否应该和是否有权对它的人民隐藏真相的问题，同时也涉及商业结构甚至科学研究机构是否

维基解密创始人朱利安·阿桑奇（Julian Assange）。

向公众隐藏了真相的问题，总之首先是一种针对隐藏真相的动机、事实和后果的反应。从伦理道德上说，刻意遮蔽真相、制造谎言的政府和机构无论如何都只能是负面的，而且所谓为了一个好的动机的理由在今天的世界上已经不存在了。但是，批评者往往会认为有许多解密是不负责任的，会带来新的伤害，对新闻自由本身也并非都有好处。应该说，任何解密都有可能对某些人和事带来不利的影响，这要在具体个案中进行分析。一种比较基本的看法是，维基解密不过就是一种走向尖端的、高难度的新闻调查，而且它的主要倾向是揭穿黑幕、实现公民获知真相的权利。

2010年堪称是维基解密的爆料年和传媒焦点年。

4月，维基解密在一个网站上公开了2007年伊拉克平民在巴格达空袭中遭美军杀害的影片；7月，维基解密公开了92000份阿富汗战争文件，揭露阿富汗战争迄今已造成2万人丧命，以及美军如何掩盖塔利班获得地对空导弹等秘密； 10月，维基解密又公开了超过400000份伊拉克战争记录文件；11月28日，维基解密陆续公开美国驻外使领馆发送给国务院的25万份秘密电报，涉及的内容包括美国刺探联合国高官情报、对部分国家的领导人发表评论等敏感内容，有人称之为“全球外交9·11”事件；11月29日，维基解密已经联合世界主流媒体共同公布了数千份文件。这些密件的内容十分广泛，比如伊朗武器库中包含有从朝鲜购进的火箭等等；也有些导致外交丑闻，比如政客们的某些言行。

远比爆料更重要的是，在2010年12月开始爆发的突尼斯“茉莉花革命”中，维基解密扮演了关键角色。它在该年12月披露2009年的美国外交电文中指独裁者班阿里家族与黑社会控制国家经济、第一夫人兴建贵族学校获得巨额利益，揭露统治者的腐败真相。另一封电文则详述了以第一家庭为首的统治者的贪腐日益严重，导致民怨四起。这些解密内容经口耳相传和网站传播，最终使民众走上街头、爆发人民革命。突尼斯大学一位地质系教授表示："一个月前，我们压根儿不相信革命会成功，但是人民终于站起来了。"

很显然，没有哪个政府会喜欢维基解密。美国政府被认为在2010年曾授意某些网络机构攻击维基解密，并禁止联邦政府雇员与特约员工阅读维基解密披露的档案，要求部分大学生不要散播机密；俄罗斯则声称维基解密如果披露俄罗斯机密，将会永远消失。更有些国家倾力阻拦维基解密在其国内网络上的传播。

2011年，让维基解密在……飞吧。

2011年1月30日

（原载《羊城晚报》2011年2月20日，题为《让维基解密再飞一会儿》）

道殇：丧钟为谁而鸣？

几天来，中国大地连续奔涌的是哀伤和愤怒，人们的心情前所未有地沉痛，各方言论的波澜前所未有地汹涌。人们应该看到和应该醒悟的是，与以往发生的任何特大交通事故相比，此次“7·23”甬温线特大铁路交通事故所造成的已经不仅仅是当事人生命财产的损失和悲剧，而成为了整个国家的悲剧、民族的悲剧。

这是因为，无论是从导致悲剧事故发生的远因、近因来看，还是从悲剧发生后所出现的所有事情、所暴露的问题来看，任何一个稍有理性、还有良知的人都会看到这根本不是什么交通安全事故或落实安全措施的问题，而是整个中国的问题。假如有一口哀悼死者的丧钟，假如丧钟被敲起来，这钟声能否震撼国人的心灵？这钟声能否震落滋生在权力心灵上的冷酷与冥顽、无情与自私的厚茧？我相信连日来有无数的中国人泪语无言、含悲问天，我相信在钟声中人人都会自问：丧钟为谁而鸣？

这一次，似乎是有一只上帝之手把所有令人无法相信、无法接受的事情都捏合在一起：号称最先进的技术系统竟然制止不了连最原始的警示都能制止的追尾撞车事故，使人不禁想起过去在路轨上高举红灯制止事故的英雄人物；车体作为调查事故原因最直接的证据却被以迅雷不及掩耳的速度公然填埋，这又使人不禁想起关于某个月黑风高之夜杀人灭迹的传闻；不顾一切地迅速恢复通车，堵塞的却是最基本的人性之路；如此巨大的悲剧在次日成了第一大报第二版最右下角最小的豆腐块，而邻国所有大报都是头版头条；在光天化日之下的救援竟然无视生命存在的可能、藐视生命求生的意志，直至要托赖一位特警的抗命才在死神的门口抢回一条年幼的生命；在不公布真相之前就急忙处理赔款，而且处理得那么没有人性；铁道部发言人所说的一切几乎都有撒谎的嫌疑，“至于你信不信，反正我是信了”……够了，谁还能设想，还有什么能比这些事情都捏合在一起更能激起全民的愤怒吗？谁还能够说这只是一起特大交通事故？

邝飚《囚徒》，漫画。

用“一石激起千层浪”来形容这次悲剧所产生的连锁反应虽然仍是分量太轻了，但是这种“千层浪”却是人们必须含悲关注、痛切追问和严峻思考的。

这次悲剧所激起最大、最深、最汹涌澎湃的一层浪是人类普遍服膺的文明价值观念。哀痛与愤怒终于使越来越多的国民意识到诸如生命的价值与尊严、人性的维护和坚守、政治的公开与协商、交流的平等与自由等最基本原则是不可践踏的，是任何国情、社情都必须首先尊重的。在痛未定、思已汹涌、言已滔滔的时候，所有的思考、所有的问题最后无不归结到这里。背离，甚至是公开宣示对这些普遍原则的背离，这是中国作为人类社会之一分子的道之殇，是在山之殇、河之殇、人之殇之上最大的国殇。在这里，丧钟向着人们必须赖以安身立命的基本原则而鸣。

在道殇之下，无法避免的是：特殊利益垄断和绑架下的民生之殇，从交通到能源、从金融到烟草，所有被垄断的行业都成了造币机和刮肉刀，民生之艰无不缘于此；法治之殇，有学者呼吁唤醒宪法中的“睡美人”条款，启动全国人大特别委员会以调查真相；人民权力之殇，从被代表到神马官员，从被跨省到三公消费，人民永远有待“重新发现”；新闻与言论自由之殇，从被通稿到被绿坝，从历史故事到现场纪实，竟然实现了“人人意中所有、人人语中所无”这样一种最高难度的交流……

正所谓“覆巢之下，安有完卵”，道殇之下，何物不殇？在这里，丧钟向着所有领域中的机制而鸣，向着所有在这些机制上衍生出来的丑恶而鸣。

然而，难道道之觞仅仅是由于某人某集团所能造成的吗？难道“人民是创造历史的主体”这句话真的只是宏大、空洞无物的话语？如果我们每一个人不是那么自私、那么懦弱，如果我们每一个人都下定决心、排除万难要做回一个真正的人，道之殇难道是不可避免的吗？因此，说到底，“7·23”悲剧所敲起的丧钟是为我们每一个人而鸣，是为在中国这列狂奔的火车中的每一个人而鸣！

是时候了，中国人，拿出一点救亡的意识和勇气吧！

2011年7月28日

（原载《新快报》2011年7月29日，题为《道殇：祭“7·23”动车事故遇难者》）

放权诚可贵，民意价更高

近日在南国的天空上，风聚集着民意；在政府权力与社会组织之间，“放权”像一声雷鸣，回荡在所有关心社会建设的人的心中。汪洋书记说得很好，凡社会组织“接得住、管得好”的事都交给他们——要加大政府职能转移管理力度，舍得向社会组织“放权”，敢于让社会组织“接力”。

非常明确的是，这不再是过去那种中央把某些权力下放到地方、地方又把某些权力下放到基层部门的“放权”。那种放权只是权力内部的分权，权力还是在自家门内打转转、分果果，政府的权力总体、管辖职能并没有减少；政府的权力还是同样的大，大政府还是改不了。在一部世界行政管理史上可以看得很清楚，如果政府什么都管，看起来很强大，实际上什么都管不好。政府的权力越大，机构就越臃肿，管理成本就越高；与此同时，社会的自治权力就越萎缩，社会的活力就越受压抑。我们的生活经验也不断地告诉我们，长期以来政府对很多事情是该管的不管，无需它管的却管得很严，结果导致权力分配与管理效能的严重紊乱，社会也根本无法建立自治的系统机制。因此，这次广东省深化体制改革工作特别强调政府向社会组织放权，民政部门也提出了发展和规范社会组织的方案，这些都有其重要意义。

但是，权力这样东西是很令人迷恋的，以致汪洋要说“舍得”放权。令人担心的是，什么权该放、什么事应该由政府管，还是由掌权的人说了算。如果有人偏偏舍不得放权，社会与公众又能怎么样呢？要“接得住、管得好”才能放权，这当然是非常正确的，就如同在理论上说，公民之所以会同意政府握有权力，也是因为在理论上相信这个政府能够“接得住、管得好”。因此，正确的逻辑首先应该是人民放心政府能够“接得住、管得好”，然后才是政府放心让社会组织“接得住、管得好”。所以，政府千万不能以居高临下的心态对社会组织说“出来吧，我给你权力”。还有，什么样的权与什么样的社会组织相对应才算得上是“接得住、管得好”呢？如果没有民意、社会组织与权力部门之间的对话、协商甚至是博弈，就会出现权力意志决定一切，在利益动机之下，放权是虚的、表面的，重要的利益部门还是大权独揽。

另一方面，也必须警惕一些很容易出现的问题：应当由政府承担的责任却借放权之名而推卸责任；在加强对社会管理的口号下，实际上是使国家权力更深入到社会基层。有些改革措施听起来是不错的，但实际上却很虚无，比如说要在外来工中吸收公务员，广东省2600万外来工中去年只有50人成为公务员，甚至连点缀一下都吝惜、太象征性了。还有，虽然也认识到属于社会性质的行业协会的垄断性现象，因而现在提出要允许和推进“一业多会”，但是如果没有一个新的公平的竞争机制，原来的行业协会官方化所导致的利益和权力垄断的现象仍然会存在。总之，必须认识清楚围绕在权力收放之间的种种利益博弈和制度安排的状况，在放什么权、如何放权等根本问题上应该坚持公开性和社会商议的基本原则；应该通过公平、合理的政府放权行为，在制度上真正建立社会自治机制。

邝飚《升职器》，漫画。

但是，仿佛是为了证明人们在放权问题上的担心不是多余的，近日广州国土房管局出台的《广州市成立业主大会、选举业主委员会程序指导规则》的真实意图就是用居委会权力取代业委会自治。而其理由更是人们所熟悉的：“中国业主自治水平不高，参与积极性不够，对相关法律法规也不熟，需要基层政府来有序推进。”且不说近年来的公民社会运动中出现的公民积极性和知识、能力的高水平等等非常可喜的现象，人们对于政府的管理水平、道德诚意、是否忠实于国家宪法等等问题的质疑难道还少吗？居委会是否也应该从权力迷恋中反思一下自己的管理水平和政治道德呢？在我们所熟知的公共用语中，本义非常正确的“有序推进”往往被权力一厢情愿地曲解为“我愿意推进就推进”，从来就没有官员会具体回答何谓“有序”、这个“序”由谁来定等最基本的问题。

放权诚可贵，民意价更高。但愿这一次的放权不再是雷声大、雨点小，但愿一个充分自治的、成熟的公民社会能够稳步地崛起在南中国的大地上。

2011年11月23日

（原载《新快报》2011年11月24日，题为《以“放权”为起点推进社会自治》）

什么是“两会”的“敏感问题”与“个人意见”？

近几年来，广东的“人大现象”曾经让人感到耳目一新，感到有一丝民主春天的气息。但就像中国的天气一样，永远是乍暖还寒，总是“无计留春添怅望”。近日广州、东莞 “两会”出现的某些现象就让人感到很困惑，不知“人大现象”究竟还能不能继续往前走，抑或是有倒退的危险。

据《新快报》的报道，在东莞市政协会议的分组讨论会场上，东莞市总工会某领导竟然敢在现场告诫几名外来工政协委员“要表现得客气一些”，要“对事不对人”，“写提案，敏感的问题就不要提了”。不用说，这种言论与现代民主宪政制度是完全格格不入的，即便是对目前这种“两会”所标榜的民主议政制度也是极大的讽刺。写提案不能写敏感问题，难道就可以让现实中本来存在的敏感问题得到解决或消失于无形吗？而且，什么才是属于不能写的“敏感问题”呢？这种判断由谁说了算呢？在中国目前的语境中，这倒是一个很值得剖析的问题。在人们的生活经验中，所谓的“敏感问题”似乎马上能使人产生政治上的问题的联想，似乎也就成为了可以心照不宣的问题而得到“不提”的共识。且不说这种向度的思维本身是多么可怜，政治协商会议本身就应该和必须光明正大地讨论政治敏感问题，其实说不要提敏感问题的人更多的不是指政治上的敏感问题，而往往是指那些涉及领导层的利益动机而造成的种种问题、那些由长官意志作出的决定所带来的问题、那些隐藏着种种问题的黑箱操作、那些根本不敢拿到阳光下的账本等等。在东莞政协会议上，这名工会领导担心外来工委员提的恐怕不会是什么政治敏感问题，而是后一种情况。要委员们讲“客气”、“要对事不对人”，这个问题没有前面的“敏感问题”那么敏感复杂，但是更让人感到惊异——无论是代表、委员还是公众，要监督和批评的就是负责各种公共事务的官员本人，权力既是由个人来具体的行使就要向个人问责，怎么能“不对人”呢？

邝飚《绿色的挣扎》，漫画。

其实，一个地方的工会负责人说出这番话并不奇怪，对于我们的很多官员来说，民主政治的ABC是从来就缺的一课，要不然为什么现在大家都越来越认识到“严重的问题在于教育干部”而不是农民呢？对于这名工会干部的高论，我倒是认为隐藏着一个更严重的问题：是否因为外来工委员是由地方政府中的总工会推荐或圈定的，所以他会担心这些委员的发言提案万一惹得上面不高兴，他的“工作就没做好”？他的这番“谆谆教诲”的潜台词是否就是：是我让你们来的，你们可不能给我添乱？当然，这位先生对民主政治有什么样的理解、说什么样的言论，完全是他个人的事情和自由，他的这番话如果在别的场合说，我完全没有评论它的兴趣。但由于他是在会议现场说，而且是专门对外来工委员的告诫，这就不是什么私人言论的问题，而是公权力对民主议政施加的压力，理应受到公共舆论的关注与质疑。

同样的道理，某些在广州人大会议上慷慨陈词的代表竟然要记者“一个字不能报”，说是“个人意见”，真不知我们这些代表、委员是太糊涂了还是太聪明了？你真的是代表你自己去开会的吗？难怪民意总觉得找不到自己的代表、总觉得自己永远只是“被代表”！代表选民说话，反映选民诉求，代表选民监督官员、罢免官员——这些才是你能够站在那里说话的最基本前提，你说了什么怕什么让选你进去的选民知道呢？你又有什么权力不让媒体报道呢？

如果说这只是某位代表的对自身职责的认识问题那也罢了，据说在广州人大的大会宣传组中贴出这样的“提示”：如报道各广州市人大代表在分组审议时的发言，务必征得代表本人同意。这个问题就很严重了：说穿了，无非表明这个声称代表广州选民的机构不想让选民们知道他们的代表究竟在会上说了什么，或者说只想有选择地让选民们知道可以放心让他们知道的东西——这与民主宪政的公开性原则不是南辕北辙吗？

2012年1月9日

（原载《新快报》2012年1月10日，题为《“广东人大现象”面临挑战，代表应有坚守》）

第二辑
愤怒书斋：十年磨刀

进行着的世界史

并非每个人都能时刻意识到，我们其实是生活在世界史之中；我们的历史学家总是喜欢说“回顾过去、面向未来”，恰恰也就是遗忘了当下的现实——它正是构成历史的一部分。世界史，一个陌生而遥远的概念，一个寂寞而孤傲的门庭，在我们的书写中远离着现实。

然而，世界性的现实在时刻进行着，时刻敲击着历史书写的大门。一件很有象征意义的事情是，美国“9·11”事件发生不久，美国的历史学家就把它写入已经排好版准备上机印刷的历史教科书。世贸大厦的碎片尚未清理完毕，爆炸的尘埃远未落定，但在世界史上它已被定格、被切片解剖、被书写为文本。过去人们说“国家不幸诗家幸”，其实史家又何尝不是“有幸”——不管是灾难还是幸福，能够见证这种世界历史性的转折对于历史的研究者、书写者来说是何其有幸。

正是这种进行着的现实使世界史永远具有尖锐的品质——质疑现实、思考当下和挑战未来的品质。这种尖锐性不仅仅是体现在对现实和未来的历史实践的思考上，同时也体现在对理性话语的嘲弄和颠覆之中：从阿多诺到让-弗朗索瓦·利奥塔都把某些历史性的事件看作是与之相匹配的某种宏大的理性话语被颠覆的“深渊”。在我们的记忆中也不乏这种例证，比如“九一三”林彪出逃事件曾使许多中国人从“忠诚”、“伟大”的话语迷梦中醒来。

但是，对世界史的进行性和尖锐性的认同并不是一件能让所有人都感到愉快的事情。在那些习惯于要“从现象中发现本质”、从“过去”发现未来的“发展规律”和“前进方向”的人来说，进行性的东西无非只是悬浮不定的碎片，其尖锐的边锋更是只会使早就书写好的历史谱系被割得七零八落。如果认同这种无序、偶发、异质和细节式的事件属性同时也应该是对它们进行书写的属性，那么还有什么本质主义的宏大话语可以建立于其上呢？ 历史学家的“辉格党式”的“责任感”又将从何体现呢？ 因此，害怕触及、总是回避“进行着的世界史 ”便成了我们自己的历史教科书问题中的一项顽症。

对于刚刚成为过去的20世纪，我们可以在一些西方历史学家的笔下读出它的进行性和尖锐性。英国历史学家马丁·吉尔伯特的三卷本（分六大册）《二十世纪世界史》（陕西师范大学出版社，2001年1月中译本）的最后一卷完成于1999年，所记叙的事件、引用的资料竟然截止于作者下笔的那一天！在一部多卷本的断代历史著作中，当你读到类似“在19天前”、“当我写这一章的那一天”这样的时间状语时，你无法不感觉到世界史及其书写的现在进行时。不能把这种写法仅仅归因于本书的编年史体裁，更不要以为这只是一种资料的整理、汇编方式。在社会变化空前急剧、各种信息无远弗届的今天，一名出色的当代史的研究者已不可能仅以在研究室里“把冷板凳坐热”的方式熬炼出来。他也需要奔跑、跳跃，需要亲临国际时事研讨会或硝烟弥漫的战壕，他以见证的方式书写进行着的世界史。

进行时态的叙事往往带来人们意想不到的尖锐性，当下的事件通过在历史叙述中的定格而具有更为惊人心魄的影响。在吉尔伯特的书中我们不仅获悉各种我们本来应该知道，但不知为什么我们竟然可能是一无所知的信息，而且我们不能不被它们所震撼：1995年，苏联的一个叫作彼尔姆—36的地方在原政治劳改营的旧址上建成了一座极权主义历史博物馆，相继而来的类似博物馆纷纷出现，并且成为人们谈论的中心；1998年11月，在莫斯科耸立起一座悼念在苏联时期被迫害致死者的纪念碑；1998年，朝鲜的饥荒进入第四个年头，吃人肉的惨况出现，这一年大约有30万至90万朝鲜人死于饥饿；1999年的前3个月，科索沃大约有1万名阿族人被米洛舍维奇的塞族军队屠杀，全世界大部分地区的人民都能在电视上看到数以十计的大屠杀地点和尸体埋葬点……

作者还认为，在本世纪尚有许多理应得到记载的灾难没有被记载下来。更不幸的是，作为中文版的读者，我们只能阅读一个“进行了少量而必要的删改”（出版前言）的文本，当然我们在编年史上不难猜测那些被删去的内容。历史的碎片锋利无比，历史的细节充满着惊人的力量，而我们熟习的宏大话语则是堂皇的整体，它显得不屑于但又挖空心思地省略着无数真实的细节。

2001年11月25日

（原载《东方》杂志2002年第1期）

学者与政治权势

1989年的一个暮春雨夜，江南某大学的招待所里，我和几位参加某会议的学者讨论了一个问题：书斋学者与政治权势的关系。当时在我们的视野之中，已有一些学者的身影闪动在权势领域周边，讨论中颇有一种从书斋意气到国策纵横的时代风雨的使命感。现在想来，显性的学者从政只是时势的一时之选，而隐藏在政治哲学之中的学者之思才具有更隐秘、更根本，也更持久的影响力。在风雨苍黄与灯红酒绿之间，有良知和社会责任感的学者登临极目，总会在多元价值与现实困局之间寻求着解读的路径；而时势的发展则有可能使其中某一路径通向政治前台。读加拿大学者莎蒂亚·B. 德鲁里的《列奥·施特劳斯与美国右派》（华东师范大学出版社，2006年7月）一书，更加深感在书斋学者与政治权势之间的种种复杂而隐秘的关系应该被揭示和被讨论。

该书的中译本序言介绍了作者其人其书的相关背景，仅此短文已有启发。首先是关于美国公共传媒自1994年以来一直未曾消歇的对于政治舞台背后的思想渊源和人脉线索的关注和讨论。一般说来，政治事务的战略决策自有其思想渊源，而当局政要的选拔和履职更有其受思想和政见影响至深的人脉依据。一个成熟的政治文明社会中的公共传媒当然不会放过对这些重要政治现象的揭示和讨论，政府也无法压制那些甚至看起来是牵强附会的“猜测”。让所有关于政坛背后的“小道消息”浮出水面、公开争辩，这是应有的政治文明的表征之一。

其次，该书作者对施特劳斯思想的解读是否正确并不太重要，重要的是作者对现实政治问题与书斋思想关系的敏感和洞察——对“阴谋”和“操纵”这两个政治事务的核心问题的敏感和洞察。在政治的漩涡中，我们常常仅凭直觉会感到“阴谋”和“操纵”的存在，在广场或街心公园中漫步的时候会有对预感的捕捉。但是，只有在理性分析的层面上正本清源、厘清谱系的工作才是政治事务关怀的根本。

本书的出发点是公共传媒讨论的热门话题：在里根到老布什和小布什时期的美国政要多为施特劳斯的弟子，以精英主义、单边主义政策等为特征的新保守主义政治与施特劳斯派的思想有内在联系。作者在书中讨论了施特劳斯的政治哲学和政治设想：“通过对美国的自由主义和保守主义的广泛考察提出结论，以此为基础得出本书的最终论点——作为支配着共和党意识形态的美国新保守主义，正是应和了施特劳斯政治思想的论旨。”（第4页）但同时，作者更坚定地站在自由主义的立场上，激烈地批评施特劳斯的保守主义政治哲学。从内容结构上看，该书从现实中华盛顿的施特劳斯派的政治“教诲”切入，然后分别论述了施特劳斯思想的“犹太遗产”问题、“德国渊源”（海德格尔和施米特）问题、“在美国的应用”问题和“新保守主义”（“施特劳斯的遗产”）问题。或许在许多中国学者看来，在所有这些问题与思路中，与自由主义的立场、机制和价值相关的讨论恐怕会是更有思想的吸引力。而且，对于那些经历过“文革”和思想解放运动的读者来说，阅读和思考施特劳斯派的问题就绝不是纯粹的书斋学术之议，而是如我在开头所提到的那个雨夜中的长谈，那种现实关怀。

作为20世纪的德国思想者，没有人可以轻松地绕过大屠杀问题——让我们也更深刻地思考这个问题、更含悲思痛地正视这个问题、更义无反顾地回答这个问题吧！本书作者指出：“尽管施特劳斯没有完全明显地阐明，但他认为纳粹主义和现代性之间是有联系的，可以简要表述如下。纳粹并不是历史中出现的奇特事件，而是现代性精神的逻辑体现。现代性产生了两种危险学说——虚无主义和技术统治论。两种学说结合在一起危害极大。”（第78页）奇怪的是，以我们自身的经验而言，对于虚无主义的批判一直以来都是我们耳熟能详的，我们也从来没有真正完成启蒙的任务，也就是说，施特劳斯所痛心疾首的那些现代性并没有成为我们的现实；但是，漫漫十年的“文革”法西斯专制却有着与大屠杀相同的性质和惨痛。在1979年开始的思想解放运动中对十年浩劫的反思，按照当时的说法是：我们是多么痛切地认识到“四人帮”的社会法西斯主义之所以得逞，就是因为长期以来我们党的民主生活受到了严重的破坏，对个人的迷信崇拜取代了人民的理性思维——不管当时的这些说辞是如何的迂回和充满了新的说教气息，但其总体倾向不能不说是朝向民主、朝向自由、朝向理性的。这样的话，我们看施特劳斯把纳粹主义和大屠杀归因于民主自由体制就显得不可理解。

对于这个问题，莎蒂亚·德鲁里认为即使以魏玛共和国的例子说明希特勒是通过“民主的”方式上台、说明自由民主体制的脆弱使法西斯主义得以逞凶狂，也不能用来证明美国的自由民主制度也是通向纳粹主义的温床。即使是对于魏玛共和国与纳粹上台的历史因果关系，她也正确地指出：“我们同样也可以这样说：希特勒之所以上台，正是通过对魏玛宪法诸原则的极大藐视——通过欺骗、作假和侮辱政治权利，置民主的公平竞争原则于不顾。”（第7页）她接着对施特劳斯及其弟子们对自由主义导致道德怀疑论和虚无主义的说法进行了批驳，认为古典自由主义者如洛克、密尔等人的思想中并没有否定真理、道德。“那么，为什么施特劳斯及其追随者继续将自由主义描绘为虚无主义和怀疑论呢？”（第10页）这个问题提得很好，我想起的是过去我们在“文革”时期正读小学、中学时，一直都有过类似的把“自由主义”与“非无产阶级世界观”联系起来批斗的话语经验。那时的“自由主义”主要是指自由散漫的作风、不听从统一的控制等，而虚无主义主要是指无心向学、读书无用论等，当然我们那时不会想到“自由主义”真的与这些没有什么必然的关系。莎蒂亚·德鲁里对这个问题的回答是：“答案在于这样的事实，即自由主义在关涉政治的时候有着怀疑主义的秉性。为了真理的缘故，自由主义拒绝那种得势的单一而无可辩驳的现实所施加的强制。自由主义的这种立场与施特劳斯主义者的信念是相冲突的，因为施特劳斯主义者深信，社会需要的是毫不动摇的信念和坚定的奉献精神……”（第10页）这个答案同样可以为我们的经验所证实，从这里就可以看出新保守主义在维系社会一致、信念一元方面的现实价值取向。

当然，关于大屠杀与现代性的关系的探讨有多种不同的进路，但多数研究者会从不同角度说明大屠杀不是天降横祸，而是与现代性进程有着不可割裂的联系。我认为这类观点是有着深刻说服力的。比如，齐格蒙·鲍曼从社会学研究的角度认为，大屠杀并非仅是反常的悲惨事件，而且更是可以从现代性的内在要素中合乎逻辑地推论出来的，由设计者、执行者和受害者密切合作产生的社会集体行为。（见其《现代性与大屠杀》，译林出版社，2002年）需要进一步追问的是，如前所述，反现代性的社会进程（如中国的“文革”时期）不也是有过同样的悲惨教训吗？这一事实是否也可以得出大屠杀可以从现代性的缺失中合乎逻辑地推论出来呢？如果是的话，那么对于所谓现代性与大屠杀的内在关联恐怕要作更深入细致的探讨，宏观式的总体叙事应该让位于由博返约的个案研究。

对于美国的新保守主义，该书作了不少论述和剖析，颇有“深揭狠批”的味道。作者通过比较集中地讨论深受施特劳斯影响的、从20世纪50年代初开始写作的欧文·克里斯托的思想言论，希望能够阐明：“新保守主义的主要基调几乎全部是以施特劳斯的政治思想为基础，专注于宗教、确信虚无主义是美国自由主义危机的源泉、强烈反对启蒙理性主义、厌恶自由主义、强调民族主义、关注知识分子在政治中扮演的角色，以及偏爱民主主义甚于自由主义。”而在全书结束之时，作者再次总结道：“总而言之，新保守主义是列奥·施特劳斯的遗产。它分享了施特劳斯哲学的所有最有影响的特征——宗教的政治重要性、民族主义的必要性、虚无主义的语言、危机感、非友即敌的心态、对女性的敌视、对现代性的拒绝、对过去的怀旧以及对自由主义的憎恨。”站在新保守主义的对立面，作者对她自己的自由主义立场也作了阐述和反思：“我是一名怀疑的自由主义者，一名没有幻想的自由主义者，一名痛苦地了解到自由主义的缺陷、它的自负、它的神话、它的激进精神以及它的自杀倾向的自由主义者。”（第194页）我们可以怀疑她的“怀疑的自由主义”是否还具备激进的精神气质，但我们无法怀疑的是，莎蒂亚·德鲁里是立场坚定、社会观察力强的思想者。

掩卷之后，当下的施特劳斯热会使人们思考一个问题：为什么会是施特劳斯？H. 迈尔的回答——尽管他认为他对这个问题的兴趣与当下的施特劳斯热“毫无关系”——是：他开启了通向哲学史的新通道，他强调哲学是一种特殊的生活方式，他把政治哲学置于哲学的中心，他将神学–哲学问题作为其主题。（见迈尔《为何是施特劳斯？》，收入《回归古典政治哲学——施特劳斯通信集》，华夏出版社，2006年）这四点理由无疑只是回答了作为哲学史家的施特劳斯的重要意义，倒是迈尔在接下来谈论施特劳斯的学派问题的时候，切中了当下施特劳斯热的核心问题：“照施特劳斯的理解，唯一的政治意图、唯一有影响的政治行动，就是创建一个学派，当芝加哥大学1949年聘请施特劳斯到政治系执教时，就给他提供了这样一个机会。在做出这一政治抉择时，施特劳斯就已经意识到自己必须付出的代价。”迈尔甚至把话说得更明白：“施特劳斯利用了学派所具有的所有优势。依循柏拉图和亚里士多德的榜样，施特劳斯也抓住机会，发掘自己的学生的政治才干，培养贤人。…… 这一学派还要求政治行动，并承担了一定的政治风险。”（同上文）同样，我们可以看到施特劳斯本人对政治问题的兴趣，比如他在年轻时说过，他有两个兴趣：上帝和政治。他还把政治看作是历史意识的文化母体。（参见同上书，福尔廷与伽达默尔关于施特劳斯的访谈）只有对政治有敏锐的认识和坚实的立场，才能谈得上对政治施加影响力。

还是回到本文开头所说的那个1989年的暮春雨夜吧。某君在叙述了一件事情的原委之后慨然长叹：时势与有些很有胆识和魄力的人永远是那么对立，难道这是某些族群社会政治中的宿命？而书斋学者的“外王”之道难道也总是不得不重蹈轮回的覆辙？其时我们的学术视野中还没有“古典学派”与“政治改革”之间的思想谱系和学派人脉，源自古典关怀的“隐秘书写”和“政治疗治”都还没有成为我们可以参照讨论的资源。如果那些人声鼎沸的人与事发生在今天，学者与政治权势的关系恐怕会比当年清晰得多。

2006年12月26日

（原载《南都周刊》2007年2月2日，题为《从书斋走向现实关怀》）

十年磨刀：读书的困惑

读了二三十年的书，好像突然才明白过来：读书如磨刀，读完书就要用，不是砍柴就是杀人。当然，所谓的“用”早已不是应付考试、为升职写论文等等，而是有大用处——究其实也是大而无用，只是在个人内心觉得有大用处而已。读书如磨刀，刀磨利了，既砍不了柴更不敢杀人，是在内心点燃柴薪，在内心向敌人举起大刀。元旦那天在同事的帮助下，终于开了一个博客，“左岸看世界”的标题之下的描述就是：读书人是磨刀人，表达的就是这样一种心情。

更多的时候是无聊而读书，读完自然更是无用。读报也是一样，更多的时候是无聊才读报，但与读书不同的是，读报之后不开心的时候很多——尽管禁忌不断，但使人流泪的世界还是会不时在南都报上披露出它的一角。

南都报十年，我在1997年给南都报写的一组读《水浒》的短文也过了十年。南都报的读书版与我十年来的读书也有很深的关系，从那里我知道了很多好书，偶尔也给它写过书评，与更多的人分享读书心得。更难得的是，十年来认识了南都报的不少喜欢读书、精于读书的年轻朋友，他们个个才华横溢，与他们的交往使我学到很多东西。读书与读南都报，就像磨刀和看地形看天气，好像总在等待什么、密谋着什么。有时候会突然冒出《红岩》里那个装疯的共产党人华子良喊出的接头暗号：“让我们迎接那个伟大的日子吧！”——读书和读报也好像是一样，是为了迎接一个伟大的日子。

读书有那么重要么？那个“伟大的日子”是什么？对有些人这个问题或

许根本不存在，在我却似乎是无法摆脱。看艾晓明、胡杰拍摄的纪录片《中原纪事》，片中的高耀洁老人在家里包书、去邮局寄书，难道她不是在内心憧憬着一个“伟大的日子”么？崔卫平翻译《哈维尔文集》，难道不是为了迎接那个“伟大的日子”而给思想者锻造批判的武器么？其实，所谓的“伟大的日子”就是自由交流的日子、每一个人都拥有人的尊严的日子，读书不就是为这些日子而准备的么？如果有人说只有“精英”的读书才会这样想，那真是大错特错了。别的不说，我周边许多痴迷读书的朋友都是广州的草根阶层，他们心中所念、口中所言，尤其是对书的选择，没有一样不是与那个“伟大的日子”密切相关。古人说，位卑未敢忘忧国，读书人怎能无动于衷？在这个意义上说，读书人不就是磨刀人么？

读书与写作作为一种生活的方式，付出的代价很多。有形者，如财政的拮据、空间的挤迫、时间精力的耗费等都是显明的代价。无形者就很难说了。有些人一辈子皓首穷经，连最基本的价值判断都解决不了，用以前的话来说，就还是“政治上的糊涂虫”；有些人只懂读书而远离了生活中的感性、本能，或以意识压抑身体、以戒律禁锢心灵，最后落得个“市场上的斯宾诺莎”。这都是读书不得法，把人读坏了。但即使样样都能打醒精神，像一只土拨鼠似的在书斋与世界之间东刨西挖，还是会有很多困惑解决不了。比如，我很喜欢一份叫作《民间》的学术通讯交流刊物（中山大学广东发展研究院公民社会中心主办），它的口号是“行动改变生存”，我很认同。但是，如果有哪位读书人提出“读书改变生存”的口号，我会很怀疑。是的，有很多人通过读书改变了自己的生存状况，但是作为社会和民族意义上的生存状况，光是读书就无能为力了。这有点像是悖论：行动者应该有知识甚至有学问，但是有了知识和学问的人很少会行动。前几天深圳一个上访的打工者把某政府机关的牌子摘了下来，最后终于讨回工薪，恐怕饱读经济学、法学的读书人就做不出这样的行动，讨不回自己的工薪。因为读书而丧失了行动的本能、本领，这样的代价还不大么？

读书就是磨刀，但读书又会使人失去行动的本能。十年磨刀、二十年磨刀，读书人的困惑依旧、读书人的世界也依旧。这就是读书人的宿命吧。

书以外的事情多是讲不清的，还是回到书本身来吧。偶有学生问：如何辨识书的好坏？最保险的回答当然是：书读多了，对书的好坏自然会有种种分辨的方法和能力。现在有不少出版社的官僚不懂出版，是因为他们连好书、坏书都不懂区分，而究其原因，则是不爱书、不读书也。有些真正的读书人书读得多而精，对书的品味很高，因而也很挑剔。知堂老人或许可归此类，其丙戌丁亥杂诗中有“读书”一首曰：“读书五十年，如饮掺水酒。偶得陶然趣，水味还在口。终年不快意，长令吾腹负。久久亦有得，一呷识好丑。冥想架上书，累累如瓦缶。酸甜留舌本，指愿辨良否。世有好事人，扣门乞传授。舌存不可借，对客徒搔首。”饮了五十年的掺水酒，辨识好丑的能力自然就有了。我辈远未到这种境界，不敢赞一词。但我也有另一个方向的愚笨之得：有些平淡如水的书，在我读来却有了酒味，这当然是由于读书未精、伏案未深的缘故；但是，书无不可读的心态也会使自己走向宽容与多元。或许这可以算是读书人困惑中的一丝亮光吧。

2007年1月1日

（原载《南方都市报》2007年1月14日）

结社，还是不结社，这应该是一个问题

对于大多数国人来说，结社还远不是问题。与温饱与安全相比，结社显得似乎是一个太奢侈的问题——虽然在实际上温饱及安全等等问题的解决过程中就有可能包含结社问题，人们总会把结社看作是远高于生存问题的行为。从读书界来看，这本《结社：理论与实践》（阿米·古特曼等著，吴玉章等译，三联书店，2006年）似乎蒙上一层条约、案例的色彩，而且书名本身给人以过于偏狭的专业感，因此我把它列为2006年最被低估的读物之一。结社，还是不结社？有些人已经在生活中认识到这是一个问题；而读过这本书的人大概也会同意，这应该是一个问题。

一谈到结社自由，很多人仍会惧怕于它的政治色彩。其实，它首先是一个法律概念。查阅《布莱克维尔政治学百科全书》（*The Blackwell Encyclopaedia of Political Science*），并没有"结社自由"这个条目；翻开《牛津法律大辞典》（*The Oxford Companion to Law*, by D.M.Walker），有两个"结社自由"条目（第64页、353页）。其中一个是Liberty of association，另一个是Freedom of association，同样都兼有结社的"自由"和"权利"的含义。可惜的是，在我们的"普法教育"中，"结社自由"的芳踪难觅，在实际生活中许多与结社自由相关的言论行为自然没有被从法律层面上进行分析和处理。

由夏勇先生主编的这套《民权译丛》（《结社：理论与实践》是其中一种）之所以深获我心，由编者的总序可以说明："这套丛书的选题，着眼于民权的制度规范主义。除了《权利理论》一书汇集了当代西方权利哲学的若干代表人物的代表作品外，其他题材皆着眼于基本权利的制度性原理与操作，集中在国际民权公约、民权诉讼、人权教育、财产权与宪政、表达自由、结社自由、人身自由以及女性的权利。”我觉得，抽象地谈权利、谈民权理论的不少，但作为一种已在人类历史中形成的制度与经验更多的是一种可以借鉴的操作知识，这是我们目前最缺乏的。

这本《结社：理论与实践》收入了荷兰、德国、英国、美国和日本学者的15篇文章，其中既有理论的探讨，论及结社与政党、宗教、工会、市民社会以及社会公德等等之间的关系，也有作者对各国结社现象以及各种案例、操作形式的分析与说明。本书《导言》认为，“本书中的论文揭示了自由主义民主制度中结社的多方面的价值，以及结社自由的伦理和宪法限制”，并提出了这些应该思考的根本问题：为什么结社自由对于个人生活和自由主义民主制度来说都是有价值的？为了避免对于结社的政治上的干预，什么是结社具有的最强烈的伦理和宪法主张？而且，什么是最弱的？哪一类社会组织能够要求来自政府的积极支持？对于捍卫结社自由来说，什么是最可靠的论据？对于限制结社自由来说，什么是最有利的论点？相信对于国人来说，这些问题的重要性不言而喻，甚至连对它们的讨论、交流的合法性也不是高枕无忧的。另外，除了这些带有根本性的理论问题以外，书中还讨论了各种领域之中的社团性质以及许多微观的个案问题。

无论是在何种领域或什么样的个案问题，“结社自由”的法律界定都是明确的：“指任何两个或两个以上的人为了实现任何目标组成一个团体的自由。”在这根本界定之下，才去补充关于目标的界定：“只要其目标不违反法律或其创设并不为犯罪或非法”（上引《牛津法律大辞典》第64页）。其实，在本书中我们可以看到，除了像三K党、新法西斯组织等这类极端显明的政治结社必然要受到国家权力的干预以外，绝大多数有争议的社团性质和目标的伦理合法性都是可以讨论的，其中的复杂性和多元价值的冲突必须依赖法律分析和社会协商才能解决。这就是说，本书将使我们深切地认识到在结社自由的合法性问题上，任何粗暴、武断和实用主义的权力干预都是必须警惕和反对的。

为什么说“结社，还是不结社，这应该是一个问题”呢？因为关于它的合法性解释与操作性仍然是一个问题。1949年以后我国制定的《宪法》中并不缺乏公民结社自由权利的法律规定，国家一直声明结社自由是中国公民依法享有的权利。但是，至今我国还没有一部实质性地规范公民结社活动的实体性法律。1989年10月国务院发布的《中华人民共和国社团登记管理条例》（1998年修订）规定国家保护社会团体依照其登记的章程进行活动，其他任何个人和组织，不得非法干涉。据此，有关人士认为该条例对社团的成立登记、监督管理等基本问题作了具体规定、为公民行使结社自由权利提供了法律依据。但实际上它只是一份登记管理条例，并不具有实体性法律的性质；另外它采取的是预防制模式，并且设置了较高的准入门槛，并在管理中实施严格的追惩制。因此，它根本无法承载全社会公民结社的法律重负，而且它的以严控为原则的指导思想已远远落后于政治文明社会的发展要求。事实上，今天大量存在的民间事实团体面临着合法性困境，其伦理与法律问题都亟待解决。

从外部环境来看，对结社自由问题的认识和解决也很紧迫。我国领导人近年来多次表示中国政府正在积极研究《公民权利和政治权利国际公约》涉及的重大问题，一旦条件成熟就将履行批准公约的法律程序。在这个公约中，公民的结社自由权利是一项重要内容。

在此时，《结社：理论与实践》给我们提供了很重要的思想资源和参考借鉴，实在不应低估它的价值。

2007年1月7日

（原载《南方都市报》2007年1月12日，题为《结社自由应该成为问题》；另载《南都周刊》2007年1月12日，题为《结社关乎自由》，均有删改）

30年阅读记忆

阅读史无疑既是社会的，又是个人的。

1978 年初春，我在公社招生办拿到华师历史系的录取通知后，第一个冲动就是马上回广州买书。在北京路工具书店买到了一批内部发行的西方历史学著作，这批书中有些在当时看起来有点怪怪的，如：［苏］谢沃斯季扬诺夫主编《美国现代史纲》（上、下，三联书店， 1978年 ）、［英］马里欧特《现代英国》（全三册，商务印书馆，1973年）、［印度］《印度通史》（全四册，商务印书馆，1973年）、P.E.N. 廷德尔《中非史》（上海人民出版社，1976年）、［英］费奇《西非简史》（上海人民出版社，1977年）、［叙］伊萨特·阿尔–努斯等《叙利亚地理与历史概要》（三联书店，1974年）、［瑞士］埃·邦儒尔等《瑞士简史》（上、下，江苏人民出版社，1974年），还有一部从苏联科学院主编的《世界通史》中选编的《英法德俄历史（1830—1917）》（上、下，商务印书馆，1972年）。实际上即便在今天，像中非史、西非史、叙利亚史等等这些国别史都是极为专门的，在号称学术繁荣的今天大概也不会有哪家出版社愿意出版这些书。在历史系读书的四年中，这些国别史未能引起我多大的研究兴趣，但是它们却以历史的角度为我切开了一条通往意识形态思考的幽暗小道——这是大学一年级的时候最重要的收获。

比如，《现代英国》第一篇的“前言”，短短两三千字，其中谈到的科学与政治的相互作用、民主政治的发育过程、官僚政治与官方表格的关系、政治制度输出的弊端等等，直到今天恐怕还是很多文科教授也没搞清楚的问题。现在回想起来，思想启蒙与政治觉醒的最坚实的路途可能就是历史学，因为历史真相的“去蔽”功能可以戳穿意识形态的谎言。

在那批书中，读得最多，也是在当时流传最广的是三位美国学者海斯、穆恩、韦兰合著的《世界史》（全三册，三联书店，1975年），该书原是1932年出版、在美国大学和中学广泛使用的教材，中文版据1941年的修订本翻译。虽然已经是30年前的知识水平，但当时却是我们学习世界通史的很适合的向导。即便今天来看，这本通俗性的入门读物对于大学生来说仍是很简明、生动，并且有一定的学术价值。例如它对“罗马的道路”的货币史介绍：“它所铸造的最初的银币，大约在公元前269年，跟着这些道路，这些贸易的路线，分布出去，刺激了商业。”（上册，第207页）今天查英国学者琼杰的《世界铸币百科全书》，罗马第一次铸造的银币ROMANO就是在公元前269年。接着它还说：“罗马的第一个剧作家就是从塔兰托沿着著名的亚庇乌斯大道带到罗马的俘虏。”这在戏剧史著述中恐怕也是不易查找的。更有意思的是该书的中文版出版说明，花了大部分篇幅批判该书的反动资产阶级唯心史观，却没有对原书正文做任何“技术处理”，甚至包括对我国边界的画法有严重错误的地图也一律按原图译制。但是，时至“思想解放”30多年后的今天，有多少译著还是公然“作了部分删节”或“必要的技术处理”。在当年国内学者撰写的著作中，我认为很值得讨论的是世界上古史纲编写组编写的《世界上古史纲》（上册，人民出版社，1979年3月）。买到这本书的时候我们刚学完古代史，在此之前我从系资料室借了吉林师范大学1973年出版的《世界古代史》（上册）来读，已经觉得其水平高出其他院校编写的教材。现在这本《史纲》的

本书作者于书房，2013年2月摄。

前言就说它是以吉林的那本为基础，从1974年开始改写。该书于1977年10月完成写作，书中所引用的国际学术资料竟然截至1977年6月（见第49页注释［1］），而且全书引用的当时国际最新学术研究的成果极为丰富，所有注释均极为严谨、翔实。从学术资源来看，该书在很大程度上借重于1970、1971年出版的《剑桥古代史》第一卷的一、二分册，以及各专业课题的前沿学术期刊，如《自然界》、《埃及考古杂志》、《近东研究杂志》等。今天我在讲授世界文化史课程时，仍把这本30年前国内学者的著作列入参考书目。除了它在专业学习上的参考价值外，我特别要学生思考的问题是：在“文革”时期竟然还有这样严谨的学术工作，一是要思考今天“学术繁荣”存在的问题，二是要学习客观、真实地看待即便像“文革”这样的历史时期——这就是学术史的思考。

在我们那一代人的西方现代派文学启蒙中，陈焜的《西方现代派文学研究》（北京大学出版社，1981年8月第1版，定价1.00元）具有通俗的启蒙意义。在这本文集中，作者从多种角度介绍了西方现代派文学的思潮、作品和重要作家，成为许多大学生了解现代派文学的入门向导。其实，我国早在20世纪60年代开始，由于冷战时期意识形态格局的变化、文化错位等原因就翻译出版了部分西方现代派文艺和哲学著作，如加缪的《局外人》、贝克特的《等待戈多》、塞林格的《麦田里的守望者》、萨特的《厌恶及其他》等。但是在“内部发行”的严格控制下，这些读物的传播极为有限。当时我们并不清楚现代派文艺进入中国的前史——从五四后已经开始译介西方现代文艺到60年代开始的“内参”文艺，仅是把现代派文艺看作是反对四人帮“文革”专制主义、建设现代化的思想解放的一部分。另外一个现象是，当时我们才刚刚开始阅读古典文学名著，1978年5月1日全国新华书店出售一批新版的文学名著如《悲惨世界》、《安娜·卡列尼娜》等，进大学没多久的我们下课后就赶到五山的新华书店排队买书。由于“拨乱反正”与打开国门的历史进程重叠在一起而造成了文艺阅读思潮的急迫转换和思想“内爆”，我们在极其仓促的阅读中奠定了以思想批判为底色的现代文艺情结。

在陈焜的这本书中，有一篇题为《西方现代派文学基本精神的一个方面》的文章，从黑格尔《精神现象学》中对狄德罗《拉摩的侄子》的论述谈到了对冠冕堂皇的“诚实意识”的虚伪性的批判，令当时的我们大受震动。在黑格尔看来，拉摩的侄子的自私、卑鄙非但不是堕落，而且是对向国家献媚的和虚伪的“高贵意识”的揭露和批判。这些思想放在今天的“范跑跑事件”中恐怕也是不失其批判锋芒的。

在70年代末到80年代初的阅读史上，有些概念成为了我们的流行词。美国“黑色幽默”文学家约瑟夫·海勒的代表作《第二十二条军规》（上海译文出版社，1981年）使我们对于专制极权的荒诞和专横有了一个贴切的描述语汇；莱蒙托夫的《当代英雄》（上海译文出版社，1981年）使“毕巧林”进入了我们的生活，也使“英雄”发生了“多余人”的转义；施咸荣译的《等待戈多》（多种版本）使我们对荒诞和希望的言说有了最简捷的表达。当然，今天流行语的来源已从书籍扩展到影视、网络，而且不乏像“五毛党”这样具有现实政治内涵的语汇，但从思想性来看是无法与那个时代相比的。

2008年7月10日

（原载《南方都市报》2008年8月24日，题为《阅读记忆》）

“惩罚……抬高了我们的身份”

今年是亚历山大·伊凡诺维奇·赫尔岑（1812—1870）逝世140周年。在今天重读赫尔岑不会是没有意义的，也不应该因害怕讥讽而羞于重温那种少年斗争的崇高美感。以赛亚·伯林认为赫尔岑几乎是单人匹马地创造了有系统地鼓动革命的传统，也许是那个时代欧洲最伟大的政论家（《俄国思想家》，彭淮栋译，译林出版社，2001年）。伯林指出，赫尔岑对个人自由权利和幸福价值的坚持，对一切以抽象观点或未来利益之名压制自由、贬抑人性的制度及作为的断然拒斥，以及对于人类社会问题的复杂性的洞见，是其思想学说最可贵的核心。在他的核心思想以外，值得注意的是如伯林所讲的，赫尔岑的文笔具有精彩夺目之处，“升华为高贵的情绪与措辞”。尤其是在谈到迫害、监禁、流放等经历时，赫尔岑对于后来岁月中所有反抗专制暴政的人们更具有道德勇气和崇高美感方面的感染和激励力量。1833年春天，赫尔岑和他的好友被当局以“反政府思想”和“秘密结社”的罪名逮捕，关押审问了9个月，然

亚历山大·伊万诺维奇·赫尔岑（1812—1870）。

后判决流放6年。他在《往事与随想》中说："从大学的教室到伦敦印刷所，通过我们的一生，我们的宣传始终没有中断过。我们的整整一生都是尽力之所能实行青年时代的纲领。……惩罚抬高了我们的身份，它使我们把监狱和流放当作自己的宝座。"（此处译文见《赫尔岑论文学》，辛未艾译，第94页，上海译文出版社，1989年）赫尔岑还说过一句更被传颂的话："危险不再是远远地望得见，而是布满在我的四周，乌云就在我的头上。这第一次的迫害应当是我们的就职典礼吧。"（《往事与随想》（一），巴金译，第241页，上海译文出版社，1979年）这种属于19世纪俄罗斯的语言至今仍然在风雪中回响。

关于个人良知的重要性，在捷克现象学哲学家帕托什卡（一译帕托契克）那里表现为在极权专制下对责任与牺牲所作的选择的内在驱动力。在捷克现象学家看来，内在良知越来越成为个人在蔑视人性、冷酷无情的权力宰制下维护生命意义和尊严的最后防线，因为所有外在的因素都可以成为逃避选择的理由——尽管常常不是借口，而是真实的理由。这条防线、这种选择的意义也超出对欧洲曾经存在的各种政治暴力的抵抗，而成为恢复和重建欧洲文化精神的核心——哲学精神——的重要条件。业历山德拉·莱涅尔－拉瓦斯汀的《欧洲精神：围绕切斯拉夫·米沃什，雅恩·帕托什卡和伊斯特万·毕波展开》（范炜炜等译，吉林出版集团，2009年）主要论述的这三位欧洲知识分子都是在个人良知的召唤下勇敢地选择了责任和牺牲的道路，在20世纪70和80年代对东欧知识分子和社会变革产生了巨大影响。"这三座不同政见派的灯塔要在到处充满诱惑的现实社会中，重新深刻思考欧洲文明的伦理基础"，他们以及周围的朋友们因此而形成了"一个美好的精神团体"，"是可以进入我们这个时代最伟大的良心之列的"（第4页）。

在"前言"里，作者对于"中欧经验"的独特性和意义做了简练的概括：在欧洲的历史和政治经历中都有相当特殊的性质，"在这座舞台上，它经历了比西欧更多的危险和破坏"，它曾同时经历着两种极权政治，"在两者可怖的交替中存活着"。而在这种历史经历的独特经验之上，使"中欧经验"成为今天欧洲知识分子重新认识和改造欧洲的精神动力的，就是本书论述的米沃什、帕托什卡和毕波，因为"恰恰是在他们身陷黑暗期间，给我们带来了最重要的哲学探索，改变了我们对欧洲、世界、民主诉求，乃至自身的看法”。作者作为一名西欧知识分子，对中欧知识分子群体的深刻认同并非仅仅是因为对“他们” 的敬佩，而更是因为对在“我们”中已经消失的意义和职责的重新认识。因此，把“他们”和“我们”联结在一起的真正纽带是共同的精神命运和对未来的共同诉求。作为中国知识分子，恐怕一时还难以对“西欧”与“中欧”之间的内在精神纠结有真切的体验，但是对于作者反复强调的恢复欧洲精神中对人类自由和尊严的维护、欧洲应该首先是一个精神的家园等这些论述应该不难领悟其意义。

无论是中欧、西欧，还是东海、西海，人类有些共同的精神价值是相通的。帕托什卡说：“真正应该做到的是，在任何时候都活得有尊严，不胆怯，不退却。即使在某些时候会遭到镇压，也要义无反顾地讲真话。因为只有在经历了磨难以后，人们才会逐渐意识到，有些东西是值得为之受苦的。”（第130页）于是，受苦、牺牲这些概念和问题的无比沉重的真实性就摆在人们的面前。当波兰的亚当·米奇尼克拒绝在一份所谓的忠诚声明上签名的时候，他说这场对抗是哲学的对抗，对阵的双方就是人类存在的意义与他们生活的无意义，“如果你尊重自己，聆听自己的内心，就绝对不能与官僚机构妥协”（第186页）。这是对精神性的存在而非物质性存在的尊重和追求所导致的对受苦和牺牲的选择，在帕托什卡看来这是很自然的事情：“精神存在的人类能够做出自我牺牲，能够看到牺牲的含义。真正的知识分子是无所畏惧的”（第187页）。实际上，如果所有的概念中只能选择一个以作为对“中欧思想”的概括的话，匈牙利人扬诺斯·基斯的选择是尊严这个概念，他对“应当抗议”的解释是“因为人的尊严受到侵犯。应当抗议，因为不作反抗将损害我们自身的尊严。应当抗议，这是为了将这种损害尊严的行为公诸于世……”（第289页）。作者在全书的最后写道，在匈牙利一所以伊斯特万·毕波命名的学校中张贴着这位思想家在20世纪30年代末写的《热爱自由者的十诫》，其第五条就是：“永远不要忘记人类的自由和尊严是唯一且不可分割的。”

最近出版的《布罗茨基传》（列夫·洛谢夫著，刘文飞译，东方出版社，2009年）对于这位青年诗人在1963年遭到审判和惩罚的分析颇有深刻之处。当时的布罗茨基其实并没有什么对政权不满的危险性，因而当局惩罚他的罪名只是“不劳而获罪”，但是其内在含义却充满了阴险性：“寻求一些针对思想异己者的最为有效的方式…… 布罗茨基案件就是地方当局所做的一次试验。”（第94页）最后的审判结果是迁居和强制劳动五年，但是出乎审判者意料的是，在庭外站满了同情者和抗议者，年轻一代的和老一代的知识分子站在一起。法官萨维里耶娃感到很惊讶：“这么多人！我没想到会聚来这么多人！”

这的确是他们永远都想不到的。

2010年1月4日

（原载《东方早报》2010年1月10日）

宪法与诗歌是……最后的底线

刚过去的己丑年末极为寒冷，广州气温是历史上同期最低；从圣诞前到春节，“雪落在中国的土地上，寒冷在封锁着中国”。然而一位写诗的朋友从北京发来短信：“今天大雪，非常美丽”——我知道，寒冷的气候在诗人眼中只是春天来临前的表征；我由此想到，在这些日子里，也许特别适宜阅读法律与文学。

早已存在着非常自足的学术理由和逻辑起点引导人们去阅读和研究法律与文学的关系，近40年来从美国法学界发展起来的“法律与文学运动”已经成为当代法学思潮中重要的跨学科领域。但是在这里把法律与文学联系起来的因由主要还不是这一法学流派，而是当下生命所遭遇的情境、人对生活的希望与信念。当然，这种显得有点特殊的联系也并非与“法律与文学运动”无关。比如，作为这个运动的清醒的批评者与推动者的理查德·A. 波斯纳，其《法律与文学》（李国庆译，中国政法大学出版社，2002年）中就有“对法律不公正的文学控诉”、“法律与愤懑”、“文学和法律中的浪漫主义价值观”等等章节，这些文字对于我们所说的情境同样有关联。

那是这样一种生活情境。往大的方面来说，仍然可以套用老狄更斯的话：这是最好的时代，这是最坏的时代……这是希望的春天，这是失望的冬天……；往小的方面说，没有误解、无所顾忌、不讲逻辑，在神奇的土地塔玛德上只能回家吃饭……这种情境与弗兰克·富里迪说的“恐惧的政治”有些相通：“恐惧的政治正在主宰着西方世界的公共生活。……恐惧的政治表明了弥漫并侵袭公共生活的衰竭与疏离感的症状。”（《恐惧的政治》前言，方军等译，江苏人民出版社，2007年）当然，富里迪所针对的主要是西方政治中利用恐惧心理操纵公共舆论和公共事务的趋势，尤其是在“9·11”以后的美、英等国，恐惧被作为一种获得公众听取其声音、同意其决策的政治工具。但是作者还细心地区分了当前西方的恐惧政治与“过去那些被恐惧的政治牢牢控制的时代”的根本区别：过去是人民受到真正的恐吓，那些发生在朋友或邻居身上的事情可能也会发生在自己身上；今天西方公众被感染的则是一种抽象、独立的关于恐惧的想象与焦虑（第117页）。前者说起来还是一种“前恐惧的政治”，那是杀鸡给猴看的政治，是真正经典的、老牌子的“恐惧的政治”；宿命与顺从是其最希望收获的果实。然而，富里迪引用了别人的一句话：“政治是对命运的拒绝”，我们也可以说，政治是对恐惧的拒绝。

其实，人类历史的经验早已证明，从“前恐惧的政治”中解放出来的唯一途径是宪政原则下的法治。因为宪政从一个角度来看就是使政治成为公开的、理性的、可预期的和安全的公共活动，在这里，“恐惧”无处立足。而无论在宪政制度或在司法体系的运作中，只有宪法的原则才能是至高无上的原则，不可以被任何别的原则取代。在这些日子里重新翻出美国法学家阿奇博尔德·考克斯的《法院与宪法》（田雷译，北京大学出版社，2006年）来阅读，感慨至深。这位曾在水门事件中被尼克松总统解雇、最后坚持维护了法律的尊严的首席检察官对于宪政和法治是如何生效的深刻认识是：最高法院有权解释宪法、有权拒绝违宪的法律或行政命令生效，但是最高法院既无钱袋（purse）又无刀剑（sword），如何能让它的判决生效呢？他认为在很大程度上是取决于自愿服从，暴力只能是例外的支撑（第14页）；而为什么自愿服从会成为常态？“因为官员、个人和整个民族都意识到弱者的自由依靠法治，而法治依靠自愿的服从，宪政才得以运作，我们的自由才得以保护，我们的社会才是自由的。…… 宪政的根基植根于人民的心中。”（第16页）在水门事件中，违抗法院命令的尼克松总统终于激起人民的反对，验证了“人民的支持是宪政和法治的唯一约束力”这一无比简朴但极其重要的真理。该书第三部分“作为改革工具的宪法裁决”高度评价了从20世纪50年代到60年代厄尔·沃仑领导最高法院时期的宪法裁决，这种理论和实践坚持宪法对司法运作的审查和干预，从而保障宪法所赋予人民的权利不被剥夺，例如“宪法对言论与出版自由的保护得到了极大的扩展。被告人的程序权利也是如此”（第188页），“沃仑法院（1953—1969年）从一开始就自觉地意识到，它们的司法责任在于打造一个开放与平等运作的政治体制”（第186页）。“沃仑法院将宪法裁决视为一种改革的工具，这使得我们的社会成为一个更自由、更平等与更人道的社会”（第189页），虽然这也引起争议、并要付出代价，但是对于我们有重要的借鉴意义。当我们强调建设法治社会的时候，最为关键的是要强调和牢固地树立宪法的至高无上的地位、维护宪法的尊严。“前恐惧的政治”得以肆虐，遍地皆是的违宪现象正是根本原因。解决这一极为普遍现象的唯一途径是建立司法审查制度，实现宪法司法化。该书译者在《宪法史上的失踪者》（代译后记）中提到了2001年发生在中国山东的“齐玉苓诉陈晓琪案”，这个案件曾被称为“宪法司法化第一案”。虽然有学者指出在一些法学家看来这个案件仍然不是严格意义上的宪法司法化案件，但是其直接援引《中华人民共和国宪法》中规定的公民享有受教育的基本权利而判决原告胜诉，这在今天看起来是多么珍贵、多么难得！无论法学界对于我国现行宪法的研究有何进展，尊重、落实和维护宪法，推动宪法司法化，是全社会极为迫切的任务。在近年来面对中国社会种种问题的思考中，尊重宪法的地位、以宪法为共同底线的呼吁应该如考克斯所讲的那样“植根于人民的心中”——或许我们更需要首先呼吁的是让它植根于司法公务员群体的心中。

法学家们指出成文宪法是“刚性” 的，对它的理解只能从这个文本中去寻找；对于无数希望并且不断努力在宪法的保障下成为“公民” 的人来说，这种“刚性” 可能时常意味着它的不可能性，导致因屡遭挫折而带来的宪法虚无主义。这时候需要的是信仰，坚定不移的信仰。还有一种更普遍的情境是，在追求实现和捍卫宪法的道路上有太多的艰难险阻，不但需要有信仰，也需要有心灵的慰藉和审美的激励。因此，诗性的降临和诗歌的出场不可忽略。

玛莎·努斯鲍姆的《诗性正义：文学想象与公共生活》（丁晓东译，北京大学出版社，2010年）为正义与司法追求提供了一个丰富的思想与情感空间，在这里想象和情感作为对人类尊严的培养和维护起到了促进实现社会正义的作用，在这里司法运作的“刚性” 可以适当地从文学和诗性对人的心灵和世界事务的复杂性和丰富性的理解中获得教益和补偿，在这里裁判者的灵魂被注入更多人性的理解和同情——恰恰是这些理解和同情有助于裁判者真正做到站在“中立的旁观者”位置。该书的开头和结尾都引用和讨论了美国伟大诗人惠特曼的诗歌，这真使我回想起大学一年级的时候和一位同学在宿舍天台上朗诵楚图南翻译的《草叶集选》中的诗歌的情景。该书开头引惠特曼《我自己的歌》，起首是大人与小孩的问答对话，而我最近才读到的一首最美丽的关于“礼物”和“节日”的小诗也是大人和小孩的对话，它们都使我相信：宪法和诗歌是最后的底线。

2010年2月21日

（原载《东方早报》2010年2月28日）

“我们在，因为……我们在斗争”

当几年前阿兰·巴丢的几篇论文以及关于他的介绍（分别出自斯拉沃·齐泽克和彼得·霍尔沃德）相对集中地在一部国内出版物中出现的时候（见《生产》第三辑，汪民安主编，广东美术馆主办，广西师范大学出版社，2006年），似乎已经可以看到，阿兰·巴丢将会成为国内思想界、学术界关注的热门人物。在这一辑中刊登了巴丢的《哲学与欲望》、《哲学与数学：无限性与浪漫主义的终结》、《作为真理程序的政治》、《存在与表象》、《保罗：我们的同代人》、《本体论与政治：阿兰·巴丢访谈》等文章，后来《生产》第五辑（2008年3月）又在“关于德勒兹的评论”部分刊登了巴丢的《存在的喧嚣》。

可能也是在那时候，巴丢思想中的重要概念“事件”被国人接纳和逐步产生辐射力。例如一辑关于基督教文化研究的学刊就定名为《神学的事件》（宗教文化出版社，2007年），编者介绍了西方学者的说法：“事件”的概念是当代法国哲学家阿兰·巴丢（Allan Badiou）的独特贡献，因为正是其论文《存在与事件》（L'Etre et L'euenemenl，1988年），以完全不同的逻辑“详尽地探讨了……一组本质问题”；并且引用了齐泽克的话：“今天的哲学景观”所能产生的任何影响，都是“一个事件的影响”，提出如果说海德格尔、德里达、哈贝马斯、保罗·利科、巴丢、齐泽克等这些最重要的思想者都会从不同的角度涉及“事件”的问题，那么“事件”究竟何为？

前些天在北京参加一个当代艺术研讨会，我听到阿兰·巴丢的“事件”

也在被谈论，这应该是比较明确的信号了：阿兰·巴丢的中国时代来了。目前国内已经出版的巴丢著作有《激进哲学：阿兰·巴丢读本》（陈永国主编，北京大学出版社，2010年，以下简称《读本》）；在网络上可以看到的消息是，他的《存在与事件》、《世界的逻辑》、《元政治学概述》等专著的中译本也将陆续推出。当然我们首先会面对翻译的问题，因为目前不少译文是从法文经由英文而来，各种概念的语言转换所带来的理解上的差异难以避免，不同文本的翻译质量也有待检验。对于非专门研究者来说，巴丢在中国的意义恐怕在目前主要还是一种对概念和理论框架进行接纳和理解的阶段，这些概念和框架对思想的启迪与撞击更多还是一种象征的力量。巴丢自己也对读者说，对哲学概念必须慢慢地掌握，在“满是岩石的”文本领域要“逐步学会外来词汇”，不能急于求成（参见彼得·霍尔沃德的代序《一种新的主体哲学》，《读本》第15页）。相比较起来，齐泽克有一段关于巴丢的介绍似乎过于煽情和通俗了，甚至曾使我怀疑是不是他说的：“他以独特的方式把严格的数学知识、真正的哲学情怀、艺术家的感性（他不仅对马拉美和贝克特进行了卓越分析，本人还是一个著名的剧作家），和激进的政治活动结合起来。……对这样一位把科学、美学和政治革命中三个伟大的M（Mathematics，Mallarme，Mao）集于一身的作家，还能有什么更多的要求吗？但当你把他的人格魅力撇在一边而认真地沉浸在他的著作之中时，巴丢甚至更加迷人。”（齐泽克《霍尔沃德：忠实于巴丢事件》，见《生产》第三辑，第212页）其实，在领略那种迷人的境界之前，我们首先要力求做到不被各种概念、文本的差异所迷惑。

那么，阿兰·巴丢究竟说了什么，以至他越来越被认为是目前法国思想界最重要的思想者？这个问题应该在全面阅读他的著述的基础上才能回答。但是对于我们而言，即便仅仅是通过阅读目前仍然是有限的中文文献，通过一些西方学者的评述，我们也大致可以确定巴丢对于我们可能具有的意义。比如，关于哲学本身，巴丢提出哲学的四个维度，其中的每一个维度都与我们时代思考的中心问题息息相关：“哲学的欲望意味着一个叛逆的维度：没有直面现实世界的思想的不满，就没有哲学。而哲学的欲望也包括逻辑；就是说，相信论证和推理的力量。此外，哲学的欲望涉及普遍性：哲学探讨作

郑自财《花与盾——突破二二八禁忌》，油画，1993年。

为思维存在的所有人类，因为它假定所有人都思考。最后，哲学冒险：思考总是一种决定，支持独立的观点。因此，哲学的欲望有四个维度：叛逆，逻辑，普遍性和冒险。”（《哲学与欲望》，《读本》第125页）所以他确信“世界比哲学所认为的还需要哲学”，世界要求已经患病的哲学“站起来，走！”（同上，第135页）叛逆的思想、坚定的信念、行动的决断，难道这不也是我们最需要的哲学维度吗？又比如，他写道：“你要么参与，宣布这个首创事件，承担后果，要么置身于外。这个没有媒介或中介的区别完全是主观的。”彼得·霍尔沃德对此的解读极其重要：“主体的身份完全无条件地取决于这种承诺。我在，因为我在（或我们在）斗争（为一个新社会，一种新艺术，一种新的科学秩序，等等）。”巴丢指出：“只有在这种罕见的纯粹献身的时刻，我们才成为我们所能成为的人，就是说，我们被带到正常的界限之外，超过了可预见的反应范围。只有在这个不可预见的领域内，在这个纯粹行为的领域内，一个人才能成为一个完全的主体而非客体。”（《读本》第8页）对于我们而言，难道还有谁不明白“参与”的哲学意义吗？——我们在，是因为我们在斗争，这正是马克思的“重要的是改造世界”思想的延展。进而，在巴丢看来，真理根源于事件，只有通过事件的发生和结果，真理才能显现、人才能成为主体。“真理、主体和事件是单一过程的各个方面：一个真理通过宣布真理的主体而得以存在，这些主体在宣布真理的过程中以其对事件的忠诚而成为了主体。”（同上）或许这就是巴丢的“事件”概念中最吸引人或最令人担心的含义。

在他的哲学基础上，巴丢的政治学思想倾向无疑是批判的、激进的，这与他在20世纪60年代参与法国左翼知识分子的“毛主义”运动，甚至公开表示支持红色高棉等经历都有紧密联系。在作为个人所参与的历史事件的对错之外，我们看到的是作为一个思想者的巴丢对于“政治意志”与“政治抉择”的自觉意识，正是在这里折射出我们时代所面临的现实的缺失。作为左翼思想者，巴丢对现实运动的介入态度也在他的历史叙事中有所反映。不消说，巴丢对20世纪的激进主义运动的评价是肯定的，齐泽克认为他强调了“解放”政治的“唯一性”，“仍是必须充分肯定与继承的遗产”。对于我们来说，如何在直面历史真相的基本前提下，在“奴役”与“解放”的维度上建立历史叙事的价值框架，恐怕还是历史学家所面临的艰巨任务。

2010年6月6日

（原载《东方早报》2010年6月13日）

权力观的颠覆：历史叙事中的非暴力运动

在回顾历史，尤其是政治斗争史的时候，人们比较容易看到的是残酷的暴力斗争、血流成河的屠杀事件以及英勇不屈的人民如何奋起反抗统治阶级的武装斗争；无论是在历史教科书中还是在新闻传媒的世纪回眸专栏中，这种暴力反抗叙事中饱含的道德激情和正义诉求也使这种叙事的正当性获得认同。然而，美国学者彼得·艾克曼和杰克·杜瓦合著的《非暴力抗争——一种更强大的力量》（*A Force More Powerful : A Century of Nonviolent Conflict*，陈信宏译，台北究竟出版社，2003年）认为，对这种叙事的片面强调必然会导致对历史的错误理解："以这种方式陈述二十世纪的冲突史，将强化一种可怕的谬说——亦即只有暴力能够制服暴力，而且最为重要的奋斗目标皆必须以武力达成。然而，此言若属实，那么在同一个世纪里，各个大陆上拥有绝对武力优势的统治者与压迫者，又为何会被没有诉诸暴力的人民推翻呢？"（序言）从这个角度来看，该书首先是一种历史叙事，是对唯暴力史观的颠覆。

全书分为四个部分，第一至第三部分都是对著名的非暴力运动、最终活动胜利的历史事件的梳理和分析，其大致内容作者在"序言"部分进行了概括性的列举：从1905年一位东正教神父说服俄罗斯工人走上首都的街道开始，拉开了20世纪第一场对独裁政权公开挑战的帷幕；1930至1931年甘地领导印度人民以非暴力方式反抗英国殖民政府；丹麦人民于第二次世界大战遭德军占领期间，曾于1944年夏天使所有城市陷入瘫痪，迫使德军解除宵禁及封锁措施；美国浸信会牧师马丁·路德·金博士奉行甘地的教诲，领导非裔美国人以游行及抵制的手段推翻美国南方的种族隔离政策；南非的抵制运动发起人、工会以及宗教领袖共同携手以非暴力方式反抗种族隔离制度，迫使政府释放曼德拉并促成了建构未来民主自由的谈判；与此同时，波兰团结工联在社会运动中诞生，并且引领着新的历史发展趋势；在柏林围墙倒塌后，数千名捷克学生坐在布拉格温彻拉斯广场呼喊口号："我们手无寸铁……全世界都在注视我们……"随后，作者对非暴力运动的经验教训进行了总结，得出"要发起并维持奉行非暴力路线的群众运动，公民社会的强化与民主制度的建立或巩固，是不可或缺的要素"的结论；同时指出："真正有效的非暴力行动，其精心策划的成分远高于其偶发部分，技术性也远高于戏剧性。……非暴力运动的重点在于让政府无法遂行其控制人民的手段"（见第19—20页）。整本书的架构已于此可见，第四部分偏重于理性分析和对现实的思考，从历史学叙事回归到政治社会学。

从政治社会学的角度来看，关于权力来源、实现的可能性等问题至关重要，而且充满了认知上的盲点，因此而造成同样深中于统治者与被统治者头脑的惯性思维。作者透过对非暴力运动的历史叙述而揭示了认知上的巨大变化："在这两次事件之间（指1905年的俄罗斯彼得堡工人请愿与1991年的苏联政变——引者按），世人对权力的认知产生了剧烈的变化。真正的权力源自于其欲控制对象的认可，而非来自对受控制者的暴力胁迫。此一概念衍生自世人对独裁、侵略以及人权侵害等行为的反抗，并呈现在卓越人物所做出的决定以及他们的成败中。"（序言）权力观之所以会产生巨大的误差，原因在于权力背后的物质力量和获得权力的非常规途径，一切都使人民产生错觉。而在某种以人民的名义书写的宏大话语中，各种修辞方式不断牢固地漂染着、塑造着人民的权力观。美国参议员John McCai认为，该书"为非暴力运动反抗暴政的效力提出了强而有力的论述。无数的诗人及演说家，都曾歌颂过人类即使在最艰困的处境中仍旧坚毅不挠的精神。本书则说明了那些怀有无比勇气的男男女女，对历史所造成的深远影响。他们勇于追求高于自身利益的崇高目标，因此不会被最残暴且武力强大的对手击败。对于认为权力来自枪杆子的人，我推荐他们看这本书"。诗人与历史学家的着眼点不同，对精神的讴歌与对历史影响与作用的分析同样都是需要的。

在权力观问题上，应该清醒地看到普遍存在的陈旧观念的顽强与丑陋，应该通过历史叙事充分认识对虚假权力观的颠覆所具有的极其重要的意义。而权力观的改变则会改变人们对社会运动、社会冲突的认识、预期和行动准则。作者以打破英国食盐垄断事业的印度民众、阻挡纳粹军事补给品的丹麦人民、群起反抗独裁统治的智利百姓等例子说明："实行非暴力行动的人多会直觉发现，他们本身采取的行为即可产生权力，而不仅是身处皇宫或总统府中的人士才拥有权力。正如伟大的非暴力运动理论家夏普（Gene Sharp）所言：'非暴力行动是可行的，而且即使是面对残暴无情的统治者及军事政权，也仍然能够发挥其强大的力量。因为非暴力行动所攻击的目标，正是所有阶级体系及政府的最大弱点：对受统治者的依赖性。'"因此而引申到对社会冲突中力量对比的认识："在有关冲突的观念之中，最大的谬误就是认为暴力是最强大的力量，而且是实现正当理念或者打倒不公的最高方式。不过，俄国、印度、波兰、丹麦、萨尔瓦多、非裔美国人、智利、南非，以及其他许多国家的人民，都证明了冲突中一方的选择并不会受到另一方牵制，而且非暴力手段的威力可能更为强大"。（以上均见序言）从对权力观的颠覆到冲突观的认知，逻辑性与价值观念并行不悖，是政治社会学最基本的启蒙。非暴力抗争行动如何撼动并推翻看似难以对抗的对手，这的确是20世纪历史留给未来人民的最大遗产之一。

2010年9月22日

（原载《晶报》2010年9月26日）

“我的勋爵，你处罚了一个……无辜的人”

对于英国诗人雪莱，我们这一代人有可能是从小说《青春之歌》中最初接触到的：北大的中共地下党负责人卢嘉川以雪莱“如果冬天到了，春天还会远吗？”的诗句结束他的广场演讲，林道静眼里含着热泪重复吟诵着这句诗。从此，雪莱在我们心中就是一位革命的诗人，他使我们认识到冬天的来临与春天的关系——虽然后来我们发现这一名句可以作为信念，但很难作为乐观主义的预言。10月8日上午，我在台湾大学图书馆二楼书库找书的时候，无意中找到很多年以前读过的那本《雪莱政治论文选》（杨熙龄译，商务印书馆，2009年，珍藏本），匆匆翻看之后就借了出来。下午和几位朋友在街边公园里喝着啤酒，等待着、讨论着大家关心的事情，直到夜色降临。

这时候我想到了雪莱在1812年的都柏林，那时他年仅20岁，在那一年他写下和发表了《告爱尔兰人民书》、《关于建立慈善家协会的倡议》、《人权宣言》和《致艾棱巴罗勋爵的信》等文章。难以想象一个20岁的年轻人会有如此成熟的思想理性和锐利的文笔，更难以想象200年前的文本至今仍然具有强烈与尖锐的现实意义：“他们应该知道，没有比暴力更有利于造成奴役、暴政和邪恶；可是有人却把暴力说成是自由之友们所主张的，其实却唯有真正的自由之友才是厌恶采取暴力行为的”（《告爱尔兰人民书》，第31页）；“然而我绝不认为连集会议论形势的发展，也属于暴力或暴乱性质的活动，我绝不认为，即使政府会感到不快，为讨论任何问题而成立的团体是属于暴力性质的”（同上，第35页）；“出版自由就像一个哨兵，当发现有任何破坏我们的自由的迹象时，他就向我们报警。就是这个哨兵，爱尔兰人啊，我现在要把他唤醒！”（同上，第37页）；“任何不能表示意见的现象本身意味着，在政府方面是赤裸裸的暴政，在被统治者方面则是无知的奴性”（《人权宣言》，第67页）。

《致艾棱巴罗勋爵的信》则是专门对以信仰、言论和出版治罪的荒谬与无耻的鞭笞：“我再问一遍，伊吞先生是为了什么而被处罚的呢？……你迫害他是因为他的信仰和你的不一样”（第76页）；“在这样一个政府的统治下——它一面破坏思想与言论的权利，一面却吹嘘其容许出版自由；在一个文明和开通的国家，一个人由于是个自然神论者，而戴枷示众并被监禁；却没有一个人为这种侵害人类的暴行愤慨地仗义执言”（第77页）；“由于一个人的见解，而对他施以刑罚；这种行为的唯一适当的名称就是迫害。迫害到底要达到什么样的目的呢？它能说服受害者吗？它能向人民证明这个人的见解的谬误吗？它也许能使他成为伪善者，而使人民成为懦夫，但是恶劣的手段绝不能促成善的目的。不带偏见的人就会怀疑这种需要用暴力来支撑自己的学说”（第81页）。最后，雪莱以对勋爵本人的蔑视和鞭笞来结束这封公开信：“我的勋爵，你处罚了一个无辜的人——他身上没有任何罪孽——而你判处了他肉刑和监禁。我写这封信给你，并不希望说服你，要你承认自己的行动错了。最无原则、最野蛮的人都善于作诡辩，以证明他们非如此做不可，证明邪恶就是道德。但是我以我孤单的声音，来表示我的异议，也就是说，你对伊吞先生的判决是残暴而不公正的；我以我孤单的声音来维护人类的权利（不管我的影响会有多大），这些权利遭到了你蛮横而非法的破坏。”（第87页）这种口吻和言辞甚至可以

邝飚《囹圄》，漫画。

成为某种公开信写作的范本。

刚出版的《思想》第十六辑的主题是“台湾史：焦虑与自信”（思想编委会编，联经出版，2010年10月初版），正好与我近期关注台湾美术史学研究有密切的关系。本辑编者指出，台湾史研究的独特性（如研究者身份、难以摆脱的政治意蕴以及使命感）使它“很难以狭义的学术意义为界线”；而正是在这种张力之间，高度的自我意识反而可望带来益形丰富的历史智慧，即使必须以“焦虑与自信”来形容（致读者）。这的确是台湾史研究区别于其他史学研究领域的氛围，同时也因此更鲜明地显示出历史研究与现实关怀的内在张力。

法国学者莫达明的论文《台湾本土史学的建构与发展（1972—2004）》探究30年来台湾本土史学的崛起与演变，并且视之为一个在与台湾社会变迁相互作用中的思想解放过程。作者以重回地方脉络、重省族群文化的多元性格、重新考察党国体制下的中心史观等作为本土史学崛起的标志，进而重新评估了日据时代的历史地位及其与现代性发展的关系；最后，作者探讨了在史学研究本土化过程中的方法论与叙事方式之变化所带来的影响。许雪姬的《台湾史研究三部曲：由鲜学经显学到险学》论述的时间范围和问题范围都更广、更深入，具体涉及到许多个人和学术团体对台湾史研究的影响和推动作用。从中可以看到研究角度与专题领域的多样性，如文献整理、地方史研究、民俗学研究、海外运动研究、名胜史迹研究等，促成了台湾史研究的丰富性。但是作者一再指出，在史观问题上难以取得共识，甚至对历史现象的重塑也会成为政治表达，这是由于复杂的历史与政治原因造成的现象；另外，在跨界研究的发展中，史学本身的基本要求有受到挤压和被淡化的危险，就有点像我们过去谈的“以论代史”的危险。与前面两篇相比，张隆志的《拾贝于婆娑洋畔、美丽岛间：一个学院台湾史研究者的观察札记》更深入地论述了如何重建台湾史研究的知识系谱与学术脉络的问题：关于典范与系谱、世代与传承（个人的师承等问题）、史料与史学、课题与方法、书写与阅读、论争与实践、愿景与挑战，所有这些话题正是一部学术史的基本叙述框架。作者指出，“学院台湾史研究如今无论在正当性、制度化乃至学科化等方面，均已获得显著成果。然欲理解当代台湾史研究的丰富内涵与复杂风貌，除认识解严前后台湾政治社会变迁等外在情境因素，实更需深入分析近代台湾历史知识形成与典范转移的长期学术轨迹”（第118页）；同时，作者更为精准地指出了问题与危机：政治工具化、商品庸俗化、研究琐碎化以及媒体学者的党派化、知识生产的粗廉化，以及史料解析的扁平化等现象。最后一篇是杨照的《建立衡量台湾史深度与广度的标尺》，在较为直观的层面上对深度和广度以及衡量标尺的问题进行了颇有启发意义的论述。

本辑的另一焦点是有关大陆的文化民族主义和国家主义言述，《崛起中国的十字路口》（许纪霖访谈录）以及高力克、成庆的文章提供了不同的思考维度。今年8月间，美国学者托尼·朱特与中国学者谢韬相继去世，本辑同时发表了纪念文章，这两位并无任何交往的思想者在社会民主问题上殊途同归，其间的意味很值得思考。

2010年10月10日于台湾大学修齐会馆

（原载《东方早报》2010年10月17日）

是“革命将至”还是……“现在就革命”？

这本不厚的小黑书似乎可以为2011年贴上一个标签：“革命将至”的行动之年。这一年从突尼斯、埃及到利比亚、叙利亚，从雅典、伦敦到美国100多个城市的“占领华尔街”，甚至到了美国以外的布拉格、法兰克福、多伦多、墨尔本、东京、台北和香港，当然还有更多被有意隐匿的城市，人民在行动——算不算革命那是另一回事。媒体称2011年为“愤怒之年”，但还不如称为“行动之年”——光是愤怒有什么用呢？这本《革命将至：资本主义崩坏宣言&推翻手册》（隐形委员会著，隐形委员会台湾分部译，行人文化实验室出版社，2011年）大声疾呼的就是“上路吧！”、“现在必须拿定主意了”、“今天，我们可以占领巴黎、罗马，或是布宜诺斯艾利斯”。

国内读书界在9月份有了关于这本书的书评（见《上海书评》9月25日、《南方都市报》9月19日），但是形势的发展似乎比任何评论都更有力地证实了它的影响。9月份在美国兴起的“占领华尔街”运动的发起者是加拿大非营利杂志*Adbusters*（广告克星）的“Adbusters.org”网站，在这本《革命将至》台湾版的腰封底上就有刊登在*Adbusters*上的评论：“这本书就像是一杯奎宁水，把各地的文化干扰运动者、无政府主义者和反抗者通通混合在一起，优雅地激励革命行动。”有意思的是，这段话完全可以回赠给*Adbusters*自己，它发起的“占领华尔街”也正是这样一种混合的行动。这本书之所以值得一读，是因为它无法仅仅被放在学者的书架上，它更适合出现在十字街头、在露营抗议者的帐篷里。在11月15日凌晨纽约警方对抗议者大本营进行清场的行动中，据称烧了帐篷图书馆里的5000本书，我相信其中必有《革命将至》。我们不必再以它在2008年11月曾被法国政府作为涉嫌恐怖主义活动的罪证和2009年在纽约联合广场的巴诺连锁书店里发生的在与警察对峙中年轻人高声朗读它来增加其反抗性的光环了，我们随手翻开的任何一页都充满了对真相的揭露、对权力压迫的蔑视和对反抗行动的呼唤：

——根本就没有什么“移民”的问题，我们全都是被连根拔起的一群，我们全都无家可归（第28页）。

——经济并没有陷入危机，经济本身就是危机（第64页）；根本没有什么“环境灾难”，环境本身就是一场灾难（第76页）。

——没有什么好再愤怒的、没有什么好再参与的、没有什么好再回应的、没有什么好再期待的，我们已经处于文明崩塌当中，现在必须拿定主意了（第106—107页）。

——不再等待，这是某种进入革命逻辑的方法。……政府从来都以万千托词去推迟你加入人群的时刻，而他们的行为从来都只有一种目的，就是为了不要失去对人民的控制（第107页）……

在这些文字下面的阐述中不乏深刻的思想，但更重要的是它们的风格无比锐利，它们的力量不是诉诸人们的思想而是诉诸人们的行动。

《革命将至》毫无疑问地令人想起1968年法国“五月风暴”的政治文化传统。经济发展背后的贫富悬殊、冥顽不化的威权主义、傲慢的科层制度、无处不在的精神压抑，这一切在1968年5月的一夜之间引发出反抗主体异化的乌托邦革命。民族主义的意识形态被狂放而真诚的普世主义精神击溃，陈腐的、缩头缩尾的社会理论教条被行动改变生存的信念击溃，“让想象力夺权”虽然在政治上失败了，但是作为抗议政治的突出成果是政治向文化积极延伸，是社会变革的文化舞台被塑造和被改变。

另外，正如有评论者所指出的，《革命将至》继承了哲学家阿兰·巴丢对“真理”（truth）和“事件”（event）的看法。我曾经在文章中分析过：在巴丢看来，真理根源于事件，只有通过事件的发生和结果，真理才能显现，人才能成为主体。巴丢认为：“你要么参与，宣布这个首创事件，承担后果，要么置身于外。”彼得·霍尔沃德对此的解读极其重要：“主体的身份完全无条件地取决于这种承诺。我在，因为我在（或我们在）斗争（为一个新社会，一种新艺术，一种新的科学秩序，等等）。巴丢指出，只有在这种罕见的纯粹献身的时刻，我们才成为我们所能成为的人，就是说，我们被带到正常的界限之外，超过了可预见的反应范围。只有在这个不可预见的领域内，在这个纯粹行为的领域内，一个人才能成为一个完全的主体而非客体。”（陈永国主编《激进哲学：阿兰·巴丢读本》，第8页，北京大学出版社，2010年）《革命将至》的表述是：“一次相遇、一个发现、一场大型罢工活动、一场地震：所有这些事件都是从真实中产生，同时改变着我们在这个世界的存在方式。……真理不是对于世界的一个观点，而是我们与世界紧密连结之物。”（第110页）因此，如同巴丢确信“世界比哲学所认为的还需要哲学”、世界要求已经患病的哲学“站起来，走！”一样，《革命将至》要求人们“上路吧！”。对于我们而言，难道还有谁不明白“上路”的真实意义吗？——《革命将至》的说法是：“没有什么好再期待的——天光乍晴、革命、核子启示或一场社会运动。持续等待下去是一种疯狂。这场灾难不是即将来临，而是已经存在那里了。”（第107页）据报道，在“占领华尔街”的第一天，现场最引人注目的口号是“现在就革命”。在这里我们再次从“将至”与“现在”的时态变化中看到了被积累的压抑和被释放的紧迫性。

其实，无论是“革命将至”还是“现在就革命”，重要的并不一定是“革命”——因为人们对“何谓革命”和“如何革命”以及“革命以后怎么办”等问题仍然充满了疑问，在全球的问题中也充满了区域的差异性，重要的只是对革命的激情的想象与体验，对在行动中恢复对自己信心的向往。

另外，我们还可以联系产生于20世纪50年代的情境主义国际（Situationist International，简称SI）来思考《革命将至》的思想资源。法国学者鲁尔·瓦纳格姆写于1963—1965年的《日常生活的革命》（张新木等译，南京大学出版社，2008年）对于西方社会的消费意识形态和新型权力压迫提出了激进的抗议和行动的呼唤，虽然他的出发点是日常生活而不是如《革命将至》那样的与警察做武力抗争，他说：“在生活中采取的立场就是政治中采取的立场。”（第2页）当年的SI也正是从艺术与政治结合的批判走向日常生活批判，成为“五月风暴”中的精神酵母和语言符号。对于情境主义来说，改变生活与改变政治是一回事，而“改变”就是要付诸行动——“行动改变生存”。在瓦纳格姆看来，我们这些“存活的人，就是被等级权力机制撕成碎片的人，被互相影响的结合物束缚着的人，被压迫技术的混乱弄晕了的人”（引言）。后来在1991年的再版序言中，作者指出，只有学会生活（vivre）而绝不是学会存活（survivre），才能获得人的解放。在这里，我们才能理解“日常生活”这个在许多人看来毫无政治色彩与激进批判意义的概念的真正内涵，才能理解为什么要以“生活高于一切！”取代“消灭剥削者” 这个口号。的确，既然我们无法否认的是生活无处不在、压迫无处不在，也就无法否认革命无处不在；于是关注日常生活中的琐事就具有了政治意义。该书最后收入了写于1972年的一篇题为《给革命工人们的祝酒辞》的文章，其中说到工人们的任务是：“使整个无产阶级拥有延伸快乐的权力，能够将每天从爱情、对束缚的摧毁和激情的享乐中获得的快乐，延伸至为自己和所有人创造的革命的快乐。”文章的最后一句话遥远地回应着历史上无产阶级的伟大纲领：“在夺取一个享乐世界的斗争中，我们失去的只能是烦恼。”（第286页）虽然这在今天听来有点像是讽刺，但是那种口吻和目光仍有悲怆的迷人之处——这也正是我读《革命将至》的强烈感受。

2011年11月26日

（原载《东方早报》2011年12月4日）

从来无需捍卫……永远也不会失去的记忆

有些书在初读的时候，就想到它们在未来的日子中肯定会不断显示出重要的现实意义与象征意义，俄罗斯女作家利季娅·丘可夫斯卡娅的《捍卫记忆：利季娅作品选》（蓝英年、徐振亚译，广西师范大学出版社，2011年）就是这样的书。

比如说书中提到的那一群杰出的科学家、艺术家和“一个客气的电话”，不就是无数活生生的“抄写”事件的母题和原型吗？1973年秋天，在党国宣传机器对萨哈罗夫和索尔仁尼琴的讨伐声中，应声参与者中间有科尔莫戈罗夫、肖斯塔科维奇、艾特玛托夫和贝科夫，利季娅对此感到震惊：“这可不是一声号令就不择手段群起攻之的一群流氓。那些流氓简直不是人，可他们是人。”她强调这已经不是1935年、1937—1938年，不是1946年，也不是1968年，而是1973年。为什么要强调时间呢？因为在这时候“他们站出来作伪证不是在严刑拷打之下，不是在流放或其他暴力的威胁之下，而是人身绝对安全，只接到一个客气的电话”。害怕一个“客气的电话”！这使利季娅更感到震惊。当人们要为妥协辩护的时候，常常会夸大迫害的程度，但是更可怕的迫害是利用人们对迫害的自我恐惧而配合施害者。人性就是如此懦弱吗？抑或是迫害的基因实现了进化，使“客气的电话”具有了更大的威慑力？利季娅为了在道义上表示对真正受迫害者的支援，写下了在“美国之音”上对其同胞宣读的檄文《人民的愤怒》，她自己把它称为“抗毒药”。随后，她被作家协会开除。

好了，说到作协，利季娅的这篇《被作协开除记》真的值得让大家分开来抄一遍，比如像这些句子："如果想想当年被开除的人当中有左琴科和阿赫玛托娃，有被开除后去世的帕斯捷尔纳克，有不久前被开除的索尔仁尼琴、加利奇和马克西莫夫，我感到自豪。我不敢同阿赫玛托娃或索尔仁尼琴那样的巨人相比，但感到骄傲的是你们用对待他们的手段对待我。"（第117页）"我自由了。……主要是我永远不会再在一间房间里看到这么多的道貌岸然的伪君子。他们大多数人堕落到不能再堕落的地步。"（第121页）利季娅引用弗拉基莫夫致苏联作家协会理事会信的片段："这就是荒谬的极限：写出的书没人读，卖不出去的作家掌握着拥有读者、书一出版就被一抢而光的作家的命运。空话连篇的平庸作家塞满理事会、书记委员会。他们早已丧失历史感，只渴望尽快发财。这种欲望永远得不到满足和遏制。我留在这片土地上，但决不与你们站在一起。……我把你们从我生活中开除。……千方百计地迫害同事吧，压迫他们，迫害他们，不要放过他们。但我不参加了。退还1471编号的作协会员证。"（第173页）利季娅对"开除论"继续作了引申："在我国，作协确实是真正与文学不沾边的人的协会。但这种愿望何时才能实现呢？只有每个人都渴望从自己生活中开除作协。每个作家都将明白，支撑他们的不是会员证而是志同道合者的手。作家不是为作协而写作，也不是为它下属的出版机构——谎言的传声筒而写作，而是为拯救文学中的被欺骗者而写作。……必须从自己的生活中，说得深一点，从自己的灵魂中，广一点，从文学中，开除散发着恶臭的谎言的腐败不堪的作家协会。……让我们忘掉文学家之家的礼堂吧。学会在黑暗中看到兄弟的情义就在你身边。"（第174页）把他们从我们的生活中开除出去，让这种声音响起来吧。

除了"作协"以外，利季娅书中还有不少关键词，比如"名单"。围绕这"开除"事件她列举过各种名单，更重要的名单是索尔仁尼琴因为《古拉格群岛》而受到的疯狂批判，她在日记中说："应该编一份名单，记下所有参与者的名字。但这份名单太长，这就迫使你认真思考：俄罗斯的知识分子还存在不存在？是不是全都死绝了？"（第390页）呵呵，简直可以模仿纳博科夫的语气了：抄吧，名单！

自该书中译本出版以来，很多评论都围绕着捍卫记忆的问题进行论述。在极度类似的语境中，几乎不用怀疑人们在谈论利季娅的记忆的时候他们究竟是在谈论什么，也几乎不用怀疑允许谈论利季娅的记忆是以不允许谈论某些记忆为前提。也就是说，当记忆可以被谈论的时候，仍然是有选择性的；从一个记忆向另一个记忆的跳跃，是有条件的。因此，“捍卫记忆”这个绝对正确的利季娅式命题也可以延伸到一个问题：记忆的确无法铲除，但是可以扼杀交流，让在孤独中坚守的记忆无法参与到在记忆中所召唤的那种斗争中去。一般来说，记忆是需要捍卫的，但是有些创巨痛深的记忆却无须担心。利季娅对记忆的捍卫使我们想到，有些记忆从来无须捍卫，因为就像那首歌里唱的：“从来不需要想起，永远也不会忘记。”这回可以直接引用纳博科夫的话了：“说吧，记忆！”

还有一种记忆虽然来自别人的昨天，但是可以成为我们的借鉴。《台湾民主转型的经验与启示》（朱云汉等著，社会科学文献出版社，2012年）一书在出版3个月后即行重印，这似乎可以从一个小小的侧面说明当前大陆知识界、思想界有越来越多人思考台湾民主转型的经验对大陆社会转型的借鉴意义。如果把该书与所属的《现代性与中国社会转型丛书》的编辑思想联系起来的话，还应该把这种转型借鉴本身的意义纳入到新的思想启蒙范畴中予以认识。“编者的话”把该丛书与20世纪80年代的《走向未来》、《文化：中国与世界》和《二十世纪文库》等丛书联系起来，以“思想启蒙的传承者”自任，“寻求对今天中国现代性方案的共识”。的确，对于核心价值观、模式、路径等等问题，再也不能摸着石头不过河。

《台湾民主转型的经验与启示》一书的主体论文部分是朱云汉教授率领的台湾学者研究团队重点研究台湾民主转型经验的研究成果，完成于2011年。该书“编后记”认为台湾学者所揭示的台湾政体转型经验显示了威权体制下的主政精英主动推动渐进式的政治体制改革的可能性，从而使一党独裁体制转换为“支配性一党体制”，同时还显示了民主化所带动的不仅仅是政治结构的重组，也会对一个社会的文化、经济与社会发展带来巨大的冲击和全面的作用。这种对于社会政治转型的整体性历史俯瞰当然有重要的意义，但是在各篇论文中所分别研究、论析的问题更有尖锐的现实针对性。瞿宛文的《台湾经验：民主转型与经济发展》全面回顾了台湾民主转型与经济发展关系的演变，其中提出了一个这样的问题：

“国民党在败退台湾之后，是否真如民主运动发展出来的主流论述所指，只顾一己之私径自发展垄断性党国资本主义？”（第9页）作者认为“答案是只有部分属实”（第11页）。事实上，这种论述无视了台湾战后的国营企业、私营大企业和中小企业各有发展空间、分配比较平均的事实（第16页），但是作者认为这种说法为反对国民党一党专制提供了主流论述，使经济学的新自由主义与政治上的反权威运动成功地结合在一起（第27页）。然而，在实现了民主转型之后，经济政策容易受到选举政治的影响，出现短期化、口号化和媚俗化的特征，同样需要重新认识和修正那种反发展主义的论述。文章最后对台湾经验的总结是：“原先经济发展模式越平均，民主化参与越广泛、越积极，政治制度良性演变的可能性越高。”该书第二部分是海峡两岸学者的对话，第三部分是相关链接，都充分显示出大陆学者的问题意识和大陆情结与台湾视角、台湾经验相撞击，的确是一个非常有意义的思想互动。

2012年6月4日

（原载《东方早报》2012年6月10日）

仍需文章觉天下，只缘霸业……苦苍生

“岂有文章觉天下，忍将功业苦苍生”，这是周德伟先生自撰的名联，既有对知识分子以启蒙天下自任的警惕，更有对统治者以功业自傲而荼毒苍生百姓的批判。这幅由湖南耆旧、1951年后在台湾任“总统府资政”的赵恒惕书写的对联高悬在台北紫藤庐楼下客厅，在海峡两岸知识界传诵多年。无论是赏叹还是反思，“文章”与“功业”自是触着了百年中国人最为痛苦的情结。顺便可以提及的是，李敖在紫藤庐主人面前对此联的内心哂笑则显得有点浮滑不恭。

对于“岂有文章觉天下”，尉天骢先生认为是指胡适一派自由知识分子以文章救世的自居，而李敖则说周德伟自言此句是指他自己。以周先生的思想与襟怀而论，我想他指的应该是包括自己与胡适在内曾以思想启蒙为己任的服膺自由民主思想的知识分子，表示的是内心的自我反思。生于清末、长于民初的周德伟正是因领受章士钊编辑《甲寅》杂志对法治、宪政、人权的启蒙而获得思想上的成长；1928年他创办《天津双周刊》，宣传宪政思想、鼓吹宪政实践；任教湖南大学时，又与李寿雍先生合作创办《中国之路》半月刊，阐扬自由、民主、法治、人权等学理，对当时的共产主义、左翼社会主义、计划经济严加批评；而到了台湾时期译述哈耶克自由主义经济学说，复以写出国民党真实历史为其撰写自传的主旨——可以说，周德伟一生著述皇皇百万言，字字不离以思想言述“觉天下”。但是，百年风雨苍黄之中，无论是周德伟的保守主义自由派还是胡适一路的自由主义均惨败于俄风赤雨的巨爪之下，所有自由、宪政之“文章”不但难以“觉天下”，连写作者自身的生存都无处安顿。因此，“岂有”既是对百年中国历史的痛陈，也是对自由知识分子以启蒙者自居的深刻反思。

以今天之国势以及海峡两岸思想界、知识界的拍岸潮涌而言，或许我们可以说：仍需文章觉天下，只缘霸业苦苍生。今天之所谓“文章”者，从西学译述、阐扬传统的高头讲章到纸媒时评，再到网络博客手机微博，总之是思想的切磋、公义的呼唤、信息的传播无远弗届；而其作者，早也不是区区几个办报文人，而是广大的知识群体、万千有才的网民。毫无疑问，知识分子固然不应再以“启蒙者”自傲于人群，但是断不可放弃追求公义、批判社会的天职。周德伟在台湾时期，虽然以其在国民党内的资历而仍位居经济官僚之列，但目睹蒋氏一党独裁的“霸业”龙爪飞舞，内心的痛楚与愤懑常溢于言表。20世纪50年代，他在紫藤庐中与张佛泉、殷海光、夏道平、徐道邻等自由主义学界人士论道，“天下”觉否已在所不论，只是仍见“霸业”苦苍生，内心的职责仍在。

几年前，周德伟先生的大名在大陆学界可能还是比较陌生，因此当2005年他的两部大著（《自由哲学与中国圣学》，中国社会科学出版社，2005年；《周德伟论哈耶克》，北京大学出版社，2005年）在陈明、秋风、高全喜等学者的引介下在大陆出版的时候，一时间引起了部分学界中人的兴趣。但是，对于周德伟先生思想事业的更多面向，知识界仍然多有隔膜。直到去年，周德伟先生的自传《落笔惊风雨：我的一生与国民党的点滴》（远流出版事业公司，2011年）在台出版，邵建等学者撰文评介，大陆读者对周先生的认识逐渐增多。2011年7月，承蒙钱永祥教授慷慨寄赠该书，使我得以对周先生的一生事迹、思想和人品有了更多的了解。所谓“哲人日已远，典型在夙昔，风檐展书读，古道照颜色”，正是我读该书最深的感慨。

在周德伟先生身上，兼有多种面向的身份象征：一位民国历史风云的亲历者和坚定的宪政自由主义者、一个老牌的自由主义经济学者（他是哈耶克的入室弟子，曾任湖南大学经济系教授兼系主任及台湾大学、政治大学兼任教授）、一位长于慎思与精算的技术官僚（曾任台湾“中华民国财政部关务署”署长、外汇贸易改革委员会副主任委员）、一位终其一生不改其志地服膺中华儒学道统的思想家与践行者。因此，无怪乎编辑该书的主其事者、周先生幺子周渝邀请了多位学者为之写序，诸序各有其侧重的面向。

然而，无论周德伟有多少不同的人生面相，其核心的精神却是一以贯之，就是自由主义的学识思想与传统儒学“尊德性，道问学”的心志情操的紧密融合。周德伟虽然前半生随时潮动荡而起伏、后半生郁闷而不得伸其志向，但其一生汲汲于在深厚的传统文化学殖之上吸取西学自由思想中的古典精华，兼以不忘践行于建设国事的技术操作层面，此种识见、风骨与人生体验确为特立独行。以时下流行的“民国范儿”之说言之，也可以说周德伟先生是独具思想与人格魅力的“范儿”。

周德伟撰写该自传的初衷，固有其家人苦劝之因，但是对国民党官修国史、党史之扭曲事实、遮蔽真相的痛恨却是其内心深处最重要的缘由。因此，该书虽为自传，但其立意、涉笔却每有为一己之外的历史作证立言的抱负。周渝先生谓其父晚年撰此自传，“其实负着一个巨大的使命，等于是重写国民党史，他说：‘我不写国民党史，国民党将永无真史！’虽然‘我只能就我的接触，写出片断的真相。但此片断的真相，多为世人所不知，所以不失其重要性。’”（见周渝序《不容青史尽成灰》）

在该书第八章“国民党汉宁分裂前之种种事实及其再分析”中，可见其“写出片断的真相”之一斑。周德伟指出：“国民党之史料及官书，均为蒋家一言堂所把持，反对者无登纪录或正确记载之余地。作者翻阅此日志一一遍，常发见荒诞及歪曲之记载，其足欺蒙后代，盖可断言。故有就亲身见闻补述前事及再加分析之必要，为民国保存真史。”（第218页）而作者在“自序”中则把对国民党官方伪史的深恶痛绝之情表述得淋漓尽致，尤可为治现代史者所深思：“所阅官方文书（当指官修史书——引者注）狂悖谬妄，如尊陈其美如神智，抑黄克强如鬼。至于误国误民之独夫，则有豢养之文奴歌功颂德，尊之如尧舜文周孔孟，且集政教大权于一身，强奸民意，败坏士风，为前史所无。嘉言语录到处流传，掩尽天下人之耳目，自上尊号曰民族救星也，世界唯一之伟人也，万口雷同从而利之，不复知人间羞耻。”斯言至矣！只是此等“豢养之文奴歌功颂德”盛况之极，恐怕周先生当年仍难以想象。

就历史人物的评价而论，周德伟既以所认知的史实为依据，更以对自由、宪政价值观念的认同及功过为其历史功罪的根本分际，又复以传统儒家士君子的道德精神作为人格衡量，可以说正是他的自由主义学识思想与传统儒学“尊德性，道问学”的心志情操在历史评价中的庄严运用。比如，他认为汪精卫比蒋介石具有更为明确的宪政理念，而蒋则有太多的私人权谋考虑，故以各种理由拖延立宪；而以人格而论，他认为黄兴高于孙中山、汪精卫高于蒋介石。是耶非耶，史学界当仍有商榷。但是不以“霸业”之成败论英雄，不被官史及教科书成说所左右，可见其史识之超迈。

如果说“仍需文章觉天下”，周德伟先生启发我们思考“文章”的立根之所和价值取向：对中国现代自由主义思想谱系的重新认知和思考，对个人价值与自由权利的关怀，尤其是对如秋风、邵建等学者念兹在兹的“儒家自由主义”问题，都应该有更深入的研讨和更广泛的交流。就哈耶克自由主义思想在当代中国的影响与作用而言，我想经由周德伟的学问文章所传导的启示，可以期待的是，宪政自由主义者面对“霸业”狂嚣未有穷期的时代会有新的、更融会中西思想精华和更有坚忍不拔之力量的庄严表述。

2012年7月1日

（原载《东方早报》2012年7月8日）

"宪法是……拿来用的"

2013年读的第一本书是《谁来守护公正：美国最高法院大法官访谈录》（布莱恩·拉姆　、苏珊·斯温、马克·法卡斯编，何帆译，北京大学出版社，2013年），读这部书念兹在兹的就是"宪法"这个核心概念。读这部书的时候窗外人声鼎沸，许多中国人在2013年的开端敢言有梦，是宪政梦、法治梦。编者在"序言"中说，"这绝对是一本非同凡响的书"。因为"所有在世的最高法院大法官，包括九位现任大法官和二位已退休大法官，首次全部同意接受一家电视台的独家专访，而所有访谈内容，都收录在这本书内"。的确，一贯以来行事低调、自觉与电视媒体保持距离的高院大法官们终于在2009年集体改变形象，使公众第一次如此完整和真切地看到了美国宪法守护者们的工作情景，第一次如此全面和深入地聆听大法官们对其神圣职责的理解和阐释。但是对我们而言，通过这本访谈录从大法官个人的角度了解美国最高法院的创建理由和现实意义，思考宪法的真正实施与国家命运的关系，以及宪法所保护的自由、权利平等在司法实践中的地位，这是更为非同凡响的地方。

美国联邦最高法院大厦被称为"正义神殿"，在正门的楣梁上雕刻着一行文字："Equal Justice Under Law"。该书中的译法是："法律之下人人平等"，另外也见过有译作"法律之下同等公正"，似乎后者还更准确些，而且与《谁来守护公正》这个书名也更为吻合。当然，也有人认为这句出自这座建筑设计者卡斯·吉尔伯特的话语因其过于简洁而在涵义上有所欠缺，但是正如安东尼·肯尼迪大法官在本书中所说，其实法律的作用有限，但如果我们能从设计师的话中得到鼓励也很好。事实上，这句话使法律必须公正平等对待的思想广为传播。在正门前的台阶两侧分别置有手握正义女神的沉思者和象征法律权威的守护者雕像，这座新古典主义风格的神殿式建筑与国会大厦隔街相望，与美国总统的白宫遥相呼应，正是司法与立法、行政三权分立政体的象征，更昭示着司法必须具有的独立与尊严。分权与制衡的思想渊源于古希腊、罗马时代，亚里士多德最早提出分权思想，西塞罗进一步发展了分权理论，到了近代的启蒙思想家洛克和孟德斯鸠基本上完成了分权学说。但是，如此重要的人类政治思想结晶却在我们的政治教育中长期遭到扭曲。想来有点可笑的是，在我的记忆中 “互相扯皮”这个说法最早就是在中学政治教育中谈到“资产阶级的三权分立”时学会的。现任美国最高法院首席大法官约翰·罗伯茨说：“我们的政体之所以举世无双，在于它受法治约束，拥有一部必须由法律人和法官解释的成文宪法。所以，你会发现，这个地方发生的事，与国会大厦、白宫内有些许不同。你会意识到这些事对我们的政体运行来说，有多么重要。”（第11页）法治约束的根本保障就是政府权力分立，宪法具有无上的权威和随时付诸司法实践。斯蒂芬·布雷耶更进一步说：“我们把宪法视为基础规则。它是民主程序的产物。宪法坚持平等保护原则，维护公民基本权利，坚持政府权力分立，如联邦政府和各州政府的权力分立，以及行政权、立法权和司法权的‘三权分立’，还倡导法治原则。”（第132页）权力的分立和制衡是这座“正义神殿”得以履行守护宪法、守护公正职责的基本前提，离开这一前提条件而承诺实行“法治”，只能是自欺欺人的谎言。译者何帆在“译者导言”中对大法官们在访谈中流露出来的忧虑表示了这样的感慨：当司法权威逐渐变弱，司法公信受到怀疑时，如何才能让更多的人了解法院的工作、理解法官的职责，进而明白司法独立的重要性，成为“大法官说了算”体制的坚定拥趸。的确，“谁说了算”对于我们而言是一道最为浅显、但又最为艰难的门槛，当司法独立的权威远未建立完成，当司法公信受到的质疑舆情不断汹涌，对司法独立重要性的理解和实施就远不是普法教育所能担负的工作，这时候我们还谈不上忧虑，而是因百年宪政梦、法治梦所引起的痛苦焦虑。

美国最高法院到底是用来干什么的？对这个问题最好的回答应该是从另一问题入手：宪法是拿来干什么？译者在导言中谈到这样一件事，去年最高法院大法官斯蒂芬·布雷耶在北京做讲座时随身掏出宪法频频挥舞，激起全场阵阵掌声；事后他在回答“您总是随身带着宪法吗？”时回答说：“当然，宪法是拿来用的，必须随身携带。”（第2页）好一个“宪法是拿来用的”！这是对宪政与法治最精粹的表述，美国最高法院就是实现宪法之用的最高殿堂。在现实中，我们当然也屡见“宪法是拿来用”的情景，可是那往往都是在尘土飞扬的推土机前或上访路上，离殿堂有着遥远的距离。

关于最高法院的职能，安东宁·斯卡利亚大法官说：“在我看来，最高法院的职能从未改变过。在民主制度下，最高法院的职能，就是公正、忠实地解释宪法、法律的含义，使之符合立宪者或国会立法者的意图。最高法院的职能就这么简单，除此之外，别无其他。”（第38页）斯蒂芬·布雷耶对最高法院的职责所作的说明更为简洁明晰：“人民遵从宪法，而我们受托解释它”，“我们作出判决后，即使人民认为宪法被最高法院误读了，他们仍会服从最高法院的解释”（第131页）。通过解释宪法、守护宪法而判决，这就是宪法之用；通过不遗余力地维护宪法之下的公正，使人民对宪法有敬畏与信仰之情；通过审判案例，使宪法成为随时付诸实践的伟大原则，这些才是建设法治的唯一正途。也正是在这种意义上，安东尼·肯尼迪大法官说：“一个伟大的案子，往往具有伟大的教育意义，正是这些案件，才让制宪先贤们1787年起草、1789年获得批准的宪法被真正赋予了现实意义。”（第61页）不具备现实意义和实践性的宪法就是一纸空文，而宪法的实践性只能从司法审判中才能体现出来，这个问题对于中国实现“宪政梦”来说，再怎么强调都不会过分。

其实，推进宪法的实践性除了在最高法院审判中进行以外，在法院门外也同样在进行。对于在最高法院门外的示威活动，安东尼·肯尼迪大法官认为：“这些示威和抗议都是很重要的表达。你知道，宪法和法律并不专属于最高法院。宪法是属于你们的，是属于广大人民的，需要大家去谈论、去解释、去表达、去捍卫。这也是为什么普通公众，尤其是年轻人，特别需要认识和了解宪法的原因。”（第69页）应该说，“宪法是拿来用”与“宪法是属于你们的”必须结合起来才是完整的，宪法在殿堂里使用与在广场上使用结合起来才是完整的。因此，在安东尼·肯尼迪的眼中，最高法院门前的那段台阶也具有重要的象征意义：“对每位大法官、每个律师，甚至广大公众来说，确保人民愿意登上这些台阶非常重要，因为这意味着我们的工作得到了认可。”（第69页）“确保人民愿意登上这些台阶”，真应该镌刻在所有政府机构台阶之前的大理石上。

说到象征性，多位大法官在访谈中都谈到了法袍的象征意义，露丝·巴德·金斯伯格在回答“法袍对法官的重要性何在？”时说：“它是公正审判的象征。”特别有意思的是，她还谈到2005年访问中国最高人民法院的时候，接受了法院赠送的一件红黑相间的法袍。（第110页）那么，这件在美国的中国法袍，是否也具有某种象征性的意义呢？德沃金有一部著作题为《身披法袍的正义》（周林刚、翟志勇译，北京大学出版社，2010年），他坚信“正义在确定什么是法律的时候是有其作用的”。的确，如果让邪恶披上法袍，这是法治的最大耻辱。

2013年1月7日

（原载《东方早报》2013年1月13日）

第三辑
教育忧思：蔡元培魂兮难归

大学校园的道德与政治向往

大概从来没有像今天这样，人们那么热切而痛苦地关注着中国的教育问题：教育腐败、好大喜功的政绩工程、城乡差别的两极分化、义务教育的名存实亡等等。但是，有些看起来不那么触目、难以用煽情的数字和文字描述来反映的问题似乎易被忽略，或者说被更有意地遮蔽起来。大学校园是否应该成为思想的摇篮、如何培养大学生的道德与政治向往（或者说道德与政治底线），这个问题的严重性实在不可轻视。

当然，表面上可能不会有人敢于公开反对道德和政治教育的重要性，但是，对于什么是思想教育、如何培养大学生的道德与政治情怀，肯定有着很不相同的理解、标准与实践方式。可以说这是真真正正的大是大非问题，也是一个具有根本性意义的问题——为我们这个历经磨难的祖国培养具有什么样的道德准则、政治立场和判断能力的知识人才，难道不是根本性的问题么？作为一名教师，我个人对此之所见所思总是忧患未已。

先看教学。我们有各种名目的所有学生必修的“理论课”、“教育课”，我知道的就有8种之多，共346个学时数，占9个学分，应该说是极为重视。而且据说这类课程全国统一设置，概莫有外。然而，有谁曾经客观、公正、真实地分析、研究过这类课程设置的合理性、讲授内容的科学性、教学效果的价值、学生对此的反映意见？恐怕没有，因为这些课程是不容被怀疑和分析的。老师在课堂上照本宣科的恐怕不在少数，学生逃课、在堂上打瞌睡读小说更是常见，什么对知识的追求、对真理的向往、对被遮蔽与歪曲的历史的思索、对社会现实的批判性认识等等均难以培养起来。相反，由于课程设置本身的诸多问题，也由于教学人员的专业水平、思想素养等原因，道德与政治学教育的知识客观性、科学性以及人文激情的崇高性反而被摧毁干净。厌恶与虚无是这棵教育之树上结出的唯一果实。

缺乏真正有价值的政治与道德教育的严重后果之一，就是大量名为受过高等教育的人连如何在权势与金钱的面前保持个人的尊严，如何实践庄严的宪法所赋予每一个公民的思想信仰、言论、出版自由以及选举与被选举等等权利都懵然不懂。从教育者的角度来看是难辞其咎的——准确地讲是罪无可恕，因为我们所设置的各种名目的相关课程不仅没有系统地把真正有价值的、符合人类文明普世准则的政治学、伦理学知识传授给学生，不仅没有鼓励学生结合理论知识思考中国现实问题以培养独立的判断力，反而更是在一种完全虚幻、彻底不真实的话语枷锁的囿限中灌输着奴化的思想——其实是连思想都谈不上，只是使学生的大脑经过话语的表层漂染而不自觉地接受一种有关生存的暗示：你们必须如此说话。这就难怪许多人面对媒体采访的镜头时就自然而然地说出别人需要的台词，过去人们认为这是不敢讲真话，而实际的情况可能是要糟糕得多——被奴化的头脑其实根本就没有属于自己的见解。王怡先生在一篇题为《无权势者如何思想》的文章中很精彩地分析过这个问题，我觉得更可以从教育的失败来进行分析。有人说，我们的教育培养出来的是一群没有节操的顺民，话虽然难听，却是实情。

再看各种校园文化活动：艺术节、文学周、运动会、知识竞赛、歌手大赛等等，经费不少、气氛热烈，然而有思想水准、有良知与自由情怀的作品少之又少。校园文学充斥着风花雪月、无病呻吟之作，远离痛苦的大地与人民。各种节庆来临时，学生的墙报会令人感到时光倒流、不知今夕何夕。再也很难看到一本出自学生之手的使人感到滚烫、感到捧着它就像捧着一颗赤子之心那样的刊物，再也很难听到在长夜中关于政治与哲学、祖国与人民的激烈辩论——而所有这些本来是校园作为思想的摇篮必须具备的，也是我们曾经多么熟悉的生活啊。

更令人感到痛苦的是在校园里弥漫的一种极为普遍的心态与行为：把公益行为、政治选择、价值认同等自我选择的真实性彻底抛弃，一切都是从赤裸裸的实用功利目标出发，无任何真实信念可言而又不惮于信誓旦旦。而这一切之所以会蔚然成风，制度性的安排功莫大焉：学生评奖学金、评先进（都有金钱奖励）之时，其计量之精确可以达到小数点后两位数，就是根据当什么干部、参加什么活动等等计算出来的。校园里所谓的学生工作充满了各种必须努力完成的发展指标，而对诚实的、发自良知的政治向往则避之唯恐不及。

读者诸君，假若应以培养思想和良知为己任的大学校园尚如此，国民性的进步何言哉、社会政治的进步又何言哉！

2004年9月5日

（原载《南方都市报》2004年9月7日，题为《大学校园的道德教育》）

婢女是怎样炼成的？

“南京师大音乐学院女生停课陪舞事件”引起社会哗然，也引出了很多尖锐的话题：大学不是官场的婢女、社会上的恶劣风气侵入神圣校园、权力越界、变相性贿赂等等。这些问题确实值得深思，但我认为还有更多问题有待思考和揭示。

说大学现已成为了官场的婢女，似乎大学本身是受欺压的。但是，如果我们追问真正蒙羞的婢女是谁、这婢女是怎样炼成的，事情就远远超出了大学官员的“媚上”这一话题。

首先，说大学成了“官场的婢女”固然是击中痛处，但某些大学官员作为官场中人，具有婢女的媚上作态其实是很自然的——当然，婢女也不一定都是媚上的，在黄世仁家里当婢女的喜儿不就是敢于反抗么？——他们既是媚上的婢女，同时又是可以使唤婢女的“地主婆”，因而这婢女是做得心甘情愿、并不以为有什么耻辱的。想想吧，多少人想当这样的处级、厅局级婢女而不得，又有多少人庆幸于暂时当稳了某一级别的婢女？要求他们不当官场的婢女，是否是苛求得不近人情了？很明显，只要大学官员的产生还是遵循着世俗官场的机制，这婢女是当定的了。

其次，我觉得更重要的是要研究，那个在大学里不得不充当婢女，但深深感到了耻辱，时刻梦想着打破桎梏、逃出牢笼的究竟是谁？在这个陪舞事件中，除了那些女学生，还有谁是同样受到最深的伤害呢？我认为是那位正在上课的老师，没有谁会比这位老师更深感到被一种骤然降临的耻辱所伤害。在这里让我们把学生和教师的尊严往她们所代表的那种事物去思考吧，你马上会发现，受到最大伤害的就是教育和学术，施害者是一种统治着校园的极其肮脏的政治——我认为这才是陪舞事件最发人深思的问题：使教育和学术成为政治的婢女，这才是中国教育与学术事业最大的耻辱。试想一下，如果在大学里教育与学术的地位是至高无上的，如果教育与学术的独立性是绝对得到确立的，如果教育与学术的尊严是超出所有势力的威权的，还有谁可以把教师和学术从课堂上逐出去，还要驱向那些个无耻的政客？

还有，同样重要的是要研究这婢女是怎样炼成的——那无比神圣与高贵的教育与学术是怎样被改造为婢女的？

我们先回到陪舞事件。作为同样是一名大学教师，如果这事发生在我的课堂上，那种心情又岂止是无奈？感到天大的耻辱与愤怒是必然的。我敢说，在那种情景中我不会无奈而退——这绝不是夸耀我有多勇敢，我也绝无意于追究那位任课老师的道德勇气，而是因为当时发生在课堂上的这一事件与道德伦理相悖的性质太明显、太具有象征性了——叫女学生不上课去陪官员跳舞？对这样荒唐、恶心的事进行反抗的正义性也是很明显的。

但是，如果来人通知学生停课的理由不是陪领导跳舞，而是参加什么活动、过什么生活、听什么领导的报告呢？而这正是最经常会发生的、早已被视作很正常的事情。在这种情况下，反抗具有正义性吗？作为大学教师的我或者你还有什么样的道德勇气支持你的反抗呢？

我在这里想思考的是这样一些问题：

第一，陪舞事件的确可以看作是教育和学术被视为婢女的符号性、象征性事件；但是，其荒唐性可能会遮蔽了教育与学术的尊严与独立性是一点一滴地被貌似合法的权力行为所剥夺与摧残的更严重的事实。

第二，教育与学术的婢女地位是被权力的性质和它所具有的权力文化传统所决定的；只有这样才能解释为什么同样存在着管理社会的权力但世界上很多大学都能保持着教育与学术的尊严与独立性。

第三，“大学不是官场的婢女”这个命题所要反对的是官本位，所研究的更多是大学与社会官场的关系；“教育与学术不是婢女”这个命题要反对的是意识形态本位，所研究的是大学内部的权力斗争——教育与学术的权力与意识形态本位的行政权力的斗争。

第四，非常关键的是，教育与学术的婢女地位一直是在很华丽的话语外衣的遮蔽下形成的；而且同样重要的是，它的形成充满了权力的诱惑和交易。

就这样，婢女就是这样炼成的。教学与学术研究这个婢女在校园里强颜欢笑，但是毕竟无法“越界”。多年前，我所在的系提出了“学术独立、思想自由”的口号作为“系训”，但实际上的情景仍是令人难以乐观的。

婢女者，“旧社会里被迫供有钱人家使用的女孩子”（《现代汉语词典》）。教育与学术何时能跳出这个火坑呢？

2004年10月 29日

（原载《南方都市报》2004年11月2日，有删改）

学位诚可贵　生命价更高

这题目肯定是有问题的，学位与生命如何能够相比？尤其是在一个教育的本质已受到强烈扭曲、社会对人才的关注更多的只是注重表面的文凭学位的年代里，学位与生命的无价和尊严更加不能相比。但是，当残酷的现实竟然出现了把学位与年轻生命一同摆放到取舍层面的人生悲剧，或许只能以这个题目表达我的忧愤！

参加高考与大学毕业是接受大学本科教育的起点与终点，是人生中很有意义的大事。然而，这几天的传媒陆续报道了发生在这起点和终点上的生命悲剧。在从考场下来和即将离开大学之际传来的年轻生命的噩耗令人特别难过：身为教师，我为无法对年轻的生命一援其手感到内疚和痛苦；身为人父，我知道那些青年人的父母会如何的悲伤痛哭。昨天《南方都市报》报道的那位跳楼男生能保住性命，真可以说是上帝借管理员之手而施与的怜悯与拯救。

如果说为了自由可以舍弃生命与爱情，因为在生命和爱情之上还有人类值得珍视和维护的价值观念，那么高考的失败和毕业得不到学位为什么会驱使年轻人那么轻易地舍弃生命？

毫无疑问，那只夺去生命的黑手只能从社会现实中找。报道说，那位跳楼的男生因为英语过不了四级而拿不到学士学位，而他好不容易找到的一家用人单位必须要有学位才最终录用。这是无数以文凭取人所导致的悲剧中的一幕，更可怕的是这种悲剧在当下已经连新闻的轰动效应都快没有了，人们似乎早已麻木。另外，进入6月以来，各地发生的高考生在高考前后因压力太大而自杀的事件也不断。西安一考生在高考前一天跳井自杀，遗书中说考不上大学就实现不了理想；嘉峪关市一考生在高考结束后投湖自杀，遗书中说因成绩不好而感受到各方压力，因而要远离人类。对于这些事件的发生，我们的心理专家总是会劝导学生要提高心理承受能力、社会要关心落考学生等等。当然，提高心理承受能力的教育和社会关爱的宣传都是很有必要的，但是更重要的是如何改变只重文凭学位、不看实际需要和人才的实际水平的社会用人机制——这才是发生悲剧的根本原因。片面追求扩大大学本科招生规模而相对忽略了专业技术学校的中专、大专教育，使社会急需的专业技工人才缺乏，而一般的大学毕业生找工作则越来越不容易。另一方面，高学历的人才培养规模的不断扩大又使社会对于人才录用的学位标准不断提高，人才浪费的情况十分严重。这些都是老生常谈了，似乎这个社会发生了那么多的悲剧而又没有什么人需要负责，似乎仅仅是学生个人的心理素质出了问题。其实，社会应该承担的责任绝不是那么容易推卸的。当一个区政府的小小公务员的职位都要靠硕士甚至博士学位去竞争的时候，就业的压力必然转换为对高学历的盲目追求，学历社会的高压气氛首先就是从管理者操控的用人机制开始形成的。在以高学历人才装点门面、显示政绩的背后，是一套套明码实价的用人学位指标，人才高消费乃至浪费反而成了提高管理队伍素质的政绩。在这种管理者的表率作用影响下，社会才会普遍蔓延只重视文凭学历的风气。是的，我们应该扭转这种社会风气，但如何才能扭转？关键还在于有一套可以对这类事件追究问责的机制——并不一定是追究对某某学生自杀负有直接责任的人，而是从社会用人机制的设计、实施和监督的视角来追究人才高消费的制度安排；在使用人才的评估机制中明确制定对于人才高消费的惩戒制度。只有这样整个社会才能从教育与人才培养的怪圈中走出学历崇拜的悲剧，对于高考生与大学毕业生来说，这才是真正的去除不堪承受的心理压力的良方。

在数以百万计的考生和大学生中间，自杀悲剧的发生永远只是很个别的。但是，对于学生的人生道路的扭曲就恐怕不是那么个别的现象了。某本科自考生因文凭的含金量低而在求职中屡屡碰壁，结果伪造了北大博士文凭而被录用到高校教书，事发后当然是以诈骗罪入狱。这不正是社会的学历歧视使他走上犯罪么？

当然，所谓追究社会的责任几乎从来都是一句空话。因此，才有了本文的标题——我们很难把希望寄托在那些很冤枉地认为自己在这类事件中实在没有什么责任的管理者身上，我们只能诉诸唤起学生们对学位的质疑与漠视：学位没什么了不起的，更是无法与生命的价值相比。

2005年6月26日

（原载《南方都市报》2005年6月29日）

大学是知识与思想启蒙的摇篮

我是1974年从广州市第三十七中学（位于惠福西路）高中毕业的。当时的毕业分配制度已经改变，不再由学校分配，而是由父母的单位负责分配工作。我原来是属于留城待分配，后来却被改为下乡。1975年10月，我作为插队知青下乡来到从化县神岗公社格塘大队蜈蚣生产队。除了干过各种水田里的农活外，还干过烧砖窑、伐树、盖房、放羊等工种。

1977年恢复高考，当从生产队的高音喇叭里听到这个消息时，知青们都很兴奋。当年我所在的公社听说就有几千名知青参加了高考。复习的时候，我回广州找高中老师，找出以前的课本。从复习到上考场，中间也就两三个月。现在人们都说“文革”的时候完全没读什么书，其实还要具体来看。虽然“文革”时中学教育受到政治的冲击非常大，但是1972年有一个回潮期，重新开始抓教学质量。当然后来又受到批判，说是修正主义教育路线的回潮。虽然这段时间很短，但是当时也学到了一些课本知识。而且，在“文革”期间如果你真正想读书，还是有办法弄到书的。从20世纪70年代初开始，在学习马列主义的号召下，大家都开始读马列原著，不少人也会凑到一起搞一些读书小组和各种各样的读书活动。在70年代初，社会上就有一些内部的书流传，也出现了少量优秀的翻译著作。上海译文出版社在这期间出过一些较好的哲学、自然科学的书，在我读高一期间，就在广州的新华书店买过海涅、康德的哲学著作。当时民间有些人在认真读书，也有一些重要的刊物在大家手中传阅，有些刊物理论性比较强，文化水准也很高。可以说当时就形成了民间的、自发的读书潜流。所以，我们读高中那个时候，实际上是中国民间社会已经开始通过读书来反思“文革”。在这样的氛围影响下，我读了海涅的《论德国宗教和哲学的历史》、康德的《宇宙发展史概念》，虽然当时难以读懂，但是自己还是觉得在精神上获益匪浅。

当年高考报名之前，要经过公社同意，还有严格的政审。我是在从化神岗公社中学参加考试的，第一天（12月11日）考的是数学和政治，第二天文科考语文和历史地理，理科考物理、化学，报考外语专业的第三天就考外语。高考那天，我印象较深的就是参加考试的人很多，像是趁墟一样，知青朋友们在考场相遇都很兴奋。当年是开卷考试，很多人都把书带到考场里去，我座位前后的考生都有用旅行袋装书进考场的。后来七八级同学有人取笑我们，说我们是抄书进来的；我们则说，你们可是连抄也不会抄——七八级中不少人是1977年没考上的。其实，在时间如此仓促的情况下，大家的准备情况都不是太好，都是依靠原来读书时的基础来应付。

我记得当年广东省语文考试中的作文题目是“大治之年气象新”，看了题目我既没感到意外也没有押对了题的感觉，只是觉得这题目的题意很清晰。这类作文题目沿袭的是以社会意识形态、时代背景决定语文教学的内容与命题的教学传统，强调语文教育要为社会政治服务。只要比较关心社会政治的时代变化，熟习一些主流意识话语的修辞与文体，再加上一点个人的抒情成分（当然也是革命浪漫一类），一个考生的语文水平大致就可以体现出来了。在历史和地理这门考试中，我已经懂得把批判“让步政策论”写进考卷中，因为当时我们接触到的“批林批孔”学习资料中就有很多对于“地主阶级在农民起义后的让步政策推动了历史的进步”这种“反动论调”的批判。

我填报的志愿分别是中山大学考古学系和武汉大学图书馆学系。其实当时我对画画兴趣比较大，在乡下劳动时还画了很多速写、素描，在批判“四人帮”的时候还画过很多漫画，张贴在神岗镇上。但是当时知道考美院的人太多，很多人都是已经小有名气的美术工作者，因此没敢报。考完后过了可能有一个多月，通知书下来了，我被华南师范学院历史系录取。考古和历史比较相近，当时也非常高兴。

终于能够回到广州，并且读上了大学。我们这一代人的命运就这样改变了。

1978年春入学后不久即发生两件事情。一是中文系的七七级新生在墙报上写了一些诗文，大意无非都是考上大学的喜悦和要勤奋努力之类，但可能是在言语中流露出某种骄傲自得之情，也可能是强调了我们是考进来而不是选送进来的，结果引来了工农兵学员的漫天批评，墙报上的口水战不断升级。这一小插曲正是中国高等教育在近乎废墟的状况中苏醒的反映，身份认同中包含有教育和人才的评价标准问题。事实上，在当时和后来我们都认为工农兵学员中同样也有很优秀的人才。我们入学不久，硕士研究生恢复招生，也是一种奇观：考不上七七级的、七七级刚入学的、在读的工农兵学员以及社会青年都可以报考，没有什么学历的门槛。

另一件事真没想到是关于我的。一天下课后我班一个女同学兴冲冲地喊我："李公明你上了广播电台！"原来，由广东省团委和广东人民广播电台主办的1978年"五四征文比赛"中，有一篇获二等奖的征文在电台播出，讲的正是我在农村当知青时如何勤奋读书、考上了七七级的"事迹"。那位作者是同一考场的考生，考试后成为朋友，但他写征文的事却一点没向我透露。一时间班里的同学、以前的中学同学和知青农友以及亲戚朋友纷纷言传，原中学的老师以我为"榜样"鼓励应届同学刻苦读书。我也没有什么特别激动的，只是感觉到整个社会的确形成了一股因恢复高考而带动起来的热爱读书、向往考上大学的热潮。

读书的热潮的确是席卷中国大地。在我的记忆中最富有象征意义的事件是入学后不久发生的连夜排队购书活动。当时重新发行几种外国文学名著，如雨果的《悲惨世界》和《九三年》、狄更斯的《艰难时世》、托尔斯泰的《安娜·卡列尼娜》等作品，得知消息后我们连夜赶到五山华农附近的新华书店外面排队。在极度的精神饥渴中，甚至连漫漫长夜的等待也成为了一种幸福，在排队中的谈话、不安和期待都成为了刻骨铭心的精神经历——那种情景至今仍历历在目。

从排队购书作为一代人的精神历程上的重要事件，可以看到七七级的出场首先带有明显的知识启蒙的特征。自70年代末起，从文化劫难的噩梦中苏醒过来的中国知识界的确是四顾苍茫，传承之声很自然地以读书为由头而生发出来。80年代初，钱穆先生这样评说大陆的学术文化状况：只要有书在，只要读书人也还没有死绝，文化传承的根就不会断。这句话切中了要点。70年代末的中国出版界和传媒界开始重新出版和发表一批老一代学人的学术著述与思想随笔，顾颉刚、钱钟书、陈寅恪、陈登原、张荫麟、陈岱孙、吴文藻等这些学者的知识性著述唤起了年轻一代对于知识传承的向往与责任。用《读书》前主编沈昌文先生的话来说，人与知识的“话头”在这里接上了。

七七级的校园不仅是伏案读书的地方，而且更是回响着思想解放号角的战场。1978年5月10日，中共中央党校《理论动态》发表南京大学哲学系教师胡福明草拟的《实践是检验真理的唯一标准》一文；5月11日，《光明日报》以特约评论员的名义公开发表该文。由此，以“实践是检验真理的唯一标准”的大讨论为发端，早已积聚着的思想解放的潮流开始猛然奔涌。这是七七级刚入学后就经历的思想洗礼，整个社会因此大讨论而敲响了“拨乱反正”的钟声。然而，我记忆很深的是，我们班的林伟然同学在哲学课上与老师激烈辩论，他认为这场大讨论的思想解放意义固然非常伟大，但作为一个哲学上的认识论命题却是自相矛盾的，因为究竟什么样的实践可以用作检验的标准本身就是一个问题；而所谓的“检验”，也有其自身依赖的标准、方法。林伟然同学是当时我们班上思想最犀利、读书最有针对性的同学，他写的关于农民战争、关于十月革命、关于列宁的《国家与革命》等作业曾令我们深感震撼。那时候老师实际上是难以应对这样的问题，倒是我们同学之间的争论和彻夜长谈形成了一种求索真理、勇于怀疑和批判的思想氛围，这是七七级最为鲜明的思想印记。令人感到痛惜的是，林同学在美国完成了他的博士学业未久就于1997年因病去世。他的博士论文是《一场夭折的中国文化启蒙运动——阶级斗争理论和文化大革命》，导师是美国著名的左派学者莫里斯·迈斯纳。

最早是在70年代后期的“朦胧诗”中，人性、人的情感、人的权利与自由、人的价值等等问题以炽热的诗歌语言被宣泄出来，我觉得在七七级这一代人的思想与情感经历中，这是最重要和最根本的始点。北岛的短诗《回答》（1979年3月号《诗刊》，写于“文革”后期）被同学们传诵：“卑鄙是卑鄙者的通行证，/高尚是高尚者的墓志铭。/看吧，在那镀金的天空中，/ 飘满了死者弯曲的倒影。”诗人的“回答”是：“告诉你吧，世界，/我不相信！/纵使你脚下有一千名挑战者，/那就把我算做第一千零一名。”然后，“如果海洋注定要决堤，/就让所有的苦水都注入我心中；/如果陆地注定要上升， /就让人类重新选择生存的峰顶。”毫无疑问，这里面具有一种承担一切苦难的英雄主义气概。时至今日，我仍无法掩饰对这首诗歌的强烈的偏爱之情，我认为它是这一代人的光荣与梦想的经典诗歌。

从1978年开始了人道主义大讨论，然后接着而来的是声势更为浩大的1979年五四运动60周年纪念活动，当时思想界、知识界发表了大量关于五四运动的介绍、回忆和重新评价的文章，迅速形成了一个全面地对五四传统进行重新评价和积极继承的思想热潮。由于明确地把五四新文化运动的反封建、人性的觉醒、人道主义、民主与自由、科学与理性等话语进行大张旗鼓的讨论、宣传，这对于七七级来说是真正具有历史意义的思想启蒙。很明显，这种价值理性与历史反思相结合的思想基础对一代人的学术与思想成长具有深刻的影响。

在校园里很快就流传着七七级大学生的民办刊物。在广州地区的有中大同学编的《红豆》和华师等校的同学编的《未来》，还有武大的《珞珈山》，最有影响的是仅出了一期就夭折的、由全国13所学校学生合办的《这一代》，以及坚持了约两年的《今天》。当年我们传阅着这些刊物，就像捧着我们自己的滚烫的心。这些刊物甚至成为了我们寻觅战友与爱人的桥梁，重新播放的电影《牛虻》使我们憧憬着充满浪漫激情的斗争生活。后来，刘青峰写的《公开的情书》（写于1972年，后来出版时署名“靳凡”）更能代表这一代人的恋爱与幸福观，我谈恋爱的时候也正是深深地受了这种氛围的影响。后来在结婚十周年的时候我写了一篇文章，我谈到：“从一开始我们就是以精神生活的全部积蓄进行纯真的交流。……结合的前提是确认。确认是在对方身上发现自己的精神印记，发现自己所熟悉的颤抖、怯懦、焦虑、惊喜。”我相信，七七级的爱情故事可以继续编成一部更厚重的《公开的情书》。

“宙斯送来生命之火，余焰还在不断地燃烧”，这是我最喜爱的诗句之一。但是，近年来不少媒体连续地发表了当年七七级大学生回忆高考30年的文章，我发现几乎尽是谈高考如何改变了自己命运，谈自己如何从农民、知青、工人等等成为了今天的厅长、教授、企业老板。看多了之后便想到一个问题：七七级的反思中是不是还缺少了对自己的批判性反思？

早在1988年，我在报纸上发表过一篇《我们的墓志铭与通行证》。我试图追问的是，当年的高考对于我们意味着什么？大学校园对于七七级意味着什么？我在文章中说："大学校园对我们来说与其说是伏案的战场，不如说是反思的长廊。在这里我们的初衷和远志得到确立：我们必须同时是社会良心与文化精英，才不至于辱没了'知识分子'这个称号。……而在我们的许多同学中间，连价值理想的被淡忘本身也快被淡忘了。假如我们真的把一切高贵的理想精神和热情都丧失殆尽，那么我们这一代人所曾付出过的沉重的代价将是真正的白白付出了。"那还是在经济大潮汹涌前的1988年啊！今天读那些高考30年回忆文章，不消说，更没有人会谈到"高贵的理想精神和热情"了；更多的是庆幸高考改变了自己的命运，却没有人谈到我们这一代人应该对改变国家的命运肩负着什么责任！

在当年的思想解放运动中，七七级的许多同学以坎坷的生活经历、对马克思关于"异化"的人道主义思想的热切讨论、对从五四到四五运动的思想梳理等等途径而严肃地思考中国的问题，积极探求以民主、法制、社会公正等理念改变中国、发展中国的道路。

今天，不少七七级毕业生已在各个领域中成为栋梁，当官从政者不少。但是，当年七七级的理想精神与思想理念似乎并没有成为改变中国的源泉；原以为这一代人会令中国的社会管理层和公共领域起码发生精神与气质上的改观，现在看来都是太天真了。在1988年的那篇文章中，我说"在今天的许多同学中间，表面上的升降荣辱已经成了横亘在人们心上的一根无形的价值杠杆"。当时也只是毕业刚几年啊，现在20多年过去了，升降荣辱才基本成了定局。我想恐怕今天七七级的同学聚会中，已很少人谈最近读过什么书、关注什么公共知识分子的话题，更多谈论的可能是官位、赚钱、关系网等等。最近这些回忆高考30年的文字充斥着对个人命运的感叹、对今天事业成功的自豪，甚至是对什么什么人的感恩，真令人感慨——当年七七级那种"位卑未敢忘忧国"的精神荡然无存了。当然，不能说七七级就像古代史上犹太教的"特选子民"一定要肩负着沉重的十字架，更不是说当年七七级同学中都全部变成了思想保守、精神平庸的人，而是想说，七七级同学实在应该对自己有一些批判性的反思了。

另外，我觉得我们的媒体、我们的校庆活动的组织者也应该反思一下：在选择访谈对象的时候，除了那些所谓的成功人士——那些厅局长、大学校长、博导教授、企业老总等等——以外，能否也采访一下那些七七级中至今仍在思考与批判中国问题的人，他们可能只是普通的编辑、街头评论家甚至是流浪者。

（说明：2008年母校华南师范大学校庆期间，进行了部分校友访谈活动，该文据我的文字提纲和谈话录音整理，另作修订而成。）

2008年11月12日修订

（原载作者文集《在风中流亡的诗与思想史》，复旦大学出版社，2011年1月）

高校为何欠债？应该谁买单？

据报道，全国人大代表、北大校长周其凤认为大学的债务应该由全社会来承担，理由是大学既不印钞票，也不卖产品。他还认为要大学自己承担债务实在没道理，讲到天上去都没有这个道理。此言真是说得很牛——气壮如牛，牛到天上去了。而且，想来周校长身后必定还有一大堆校长为他的牛言叫好。其实，自从前两年中国高校贷款规模高达5000亿元的统计数据公布以后，大学校长们就不断发出要政府代还贷款的言论，只是没有这位北大校长说得如此直白、如此有底气而已。

实际上，目前高校贷款的规模早已远远超过本身可以偿还的能力，例如吉林大学在周其凤任校长期间欠债30亿元（官方统计数字），即使把学校的全部资产抵押出去也偿还不了。当然，这并不妨碍这位校长官照当，甚至还可以从吉大升到北大。在目前中国高等教育普遍行政化、衙门化的现实中，政府当然只能代还债务，因为大学的贷款规模本来就是在政府关于“要把大学做大做强”等倡导下弄成这样的，政府不代还，难道要靠提高学费、教师减薪来偿还巨债吗？大学校长们从一开始就比谁都清楚，政府一定会帮大学兜着。北方某校长就干脆跟记者说：“管他的，等着政府将来冲销吧！”可以说，中国的大学校长是全世界最牛的贷款人。

另外，令校长们理直气壮的另一道“底气”是周其凤校长回应网上对他的批评时所说的：“高等院校出现欠债，并不是我们当校长的贪污了、浪费了，我们经得起审计，我离开吉大，中央在吉大审计了两个多月，最后的结果是我是一个廉政的校长，我没有贪污浪费。”但是，真的是只要没贪污，校长就没有责任吗？

高校巨额欠债的原因当然首先是政府的责任、大学教育机制的责任。大学行政化、衙门化，大学从官员升迁、办学方针、招生规模等方面都根本没有独立性，只能是政府的一个听话的孩子，巨额贷款就是在政府指令下盲目扩招、盲目修建大学新城区的情况下出现的。但同时大学校长也有某种不可推卸的责任：“做强做大”的口号正是迎合了许多大学校长好大喜功的心态，办学规模的扩大与投入资产的飙升都会成为校长政绩的内容、学校行政级别提升的基石、获取更多公共教育资源的本钱，因此没有哪个校长会不乐意以巨额贷款大兴土木、急剧扩大办学规模。

目前，高校举债、政府买单必将是一个既成的事实，也就是说只能由全社会的纳税人来承担。问题是，这样是否合理呢？其实，最根本的问题恐怕还不在于政府是否应该代高校还债——既然大学本来就是政府的，它不说还贷而说政府投入不就没事了吗？所以，不管贷款也好，投入也好，关键的问题是纳税人的钱用得是否阳光、是否合理、是否能被社会有效地监督、是否为培养出有用的人才作出了更多的贡献。君不见，中国多少大学的楼台馆所的豪华程度远超过发达国家，甚至一座大门不惜耗费千万元；而硬件设备盲目引进、科研项目的弄虚作假、行政冗员的有增无减、学术腐败的难以遏止等等现象更是屡见不鲜。在这样的现实中，高校使用巨额贷款的合理性、公开性与社会效益本身就是最需要追究与问责的。在这个问题上，大学校长怎能以“不贪污”就推卸掉责任呢？纳税人不是不愿意政府投钱用于高等教育，而是不愿意看到不合理、不公平、好大喜功的投入，不愿意看到大学校长们不负责任的表现。

如果既要纳税人买单，又不公开、不透明、不为纳税人的利益服务，这才真正是“讲到天上去都没有这个道理”啊！

2009年3月11日

（原载《新快报》2009年3月12日，题为《纳税人承担不透明高校欠债太荒唐》）

清华百年又如何？

多年前读季洛杜的散文《高师精神》，很神往于那种大学的精神氛围。季洛杜说："高师精神"就是学校给予学生的"一套终身的制服"。这是一套无形的、思想的制服，其核心是思想的自由与批判的精神。但是，法国记者杜费指出，虽然今天巴黎高师的顶级精英性仍然保持——校本部仍然是每年招生200多人，但是它也无法彻底抗拒时代的规模化、功利化潮流。这种警醒和批评是对巴黎高师的真正热爱和维护。相比之下，我们的大学庆典上太缺少这种批评的声音了。

百年回首，从历史与现状中找比较，最有说服力。从1918年到1921年间，清华的学生曾前后三次赶跑了外交部任命的三位校长，是为轰动一时的"三赶校长"事件。这是当年学生。1926年4月15日清华教职员会议通过了《清华学校组织大纲》，设立评议会和教授会为真正的权力机关，前者由校长、教务长及教授会互选出的评议员共7人组成，校长为主席；评议会要征求教授会的意见，后者有权否决前者的决议。1931年，蒋介石派国民党中央政治学校副主任吴南轩来做清华校长，此人一来就公开宣布他的使命是"为党国培养人才"，专断独行，反对教授治校的制度。教授会则根据金岳霖等15位教授的联名要求，召开临时会议，通过了谴责吴南轩、要求教育部"请另简贤能"的决议，吴南轩最后只能走人。这是当年教授。梅贻琦入主清华大学，他在就职典礼上讲"所谓大学者，非谓有大楼之谓也，有大师之谓也"的名言至今仍会被人提起，尤其是在口口声声要"打造"大师的时候。

但是，他拒绝按国民政府的《国立清华大学条例》（该条例使他的权力增大）治学、坚持执行清华自己拟定的《清华学校组织大纲》的行为却少被人们提起；更值得记取的是，这套教授治校体制一直维持到1948年年底。据此体制，评议会权大，但受教授会制衡，这是当年的治校体制。按梅贻琦的说法，校长说好听点就是京剧里演“王帽”的，虽然总是王冠齐整，但是观众看的不是他；说更实在的，校长不过是率领职工给教授搬搬桌椅板凳的。这是当年校长。名动天下的王国维、梁启超、赵元任、陈寅恪“四大教授”，只有赵元任一人有美国的博士学位，而王、梁、陈等三位均非博士、硕士，甚至连学士学位也未拿到。这是当年的选拔人才。

回到今日清华，人们不禁要问，在各种大学庆典声和“创一流”的豪言之下，有什么作为真正的大学须臾不得回避的永恒性原则和根本性问题至今仍然根本无法被讨论、被接纳？比如说关于大学的独立精神，关于权力与制衡，关于学术的自由与尊严，关于思想与言论的自由交流，这些问题难道不是真正的大学——且不说一流大学——的安身立命之本吗？国家权力把公共资源投入到中国重点大学的慷慨程度恐怕已是世界之最，假如我们的纳税人都像上帝一样对大学里发生的所有事情明察秋毫，他们会有何感想？官僚化倾向积重难返，对学术腐败现象的选择性庇护，“假大空”的科研成果，所有这些问题愈演愈烈。如果说人们对此心安理得，那也不是实情。用齐泽克的话来说，一切都是以一种默认来维持和进行着。算是比较清醒的人们则像钟摆一样，在餐桌上的嬉笑怒骂与会议桌上的俯首顺从之间来回摆动，获得的是心理上的宣泄与现实中的平衡。哈维尔在1975年给总统胡萨克的信中说，“无望导致冷漠，冷漠导致顺从，顺从导致把一切都变成例行公事”。今天看来，大学里的“例行公事” 既是指一种灵魂中的麻木不仁，也是指工具化的生存状况。

2011年4月24日

（原载《深圳特区报》2011年4月26日，题为《清华百年话当年》，有增删）

蔡元培魂兮归来又如何？

北大很容易在公众的视野中被聚焦，无论是生者或是逝者、是历史还是现实。其实，我总觉得在这种所谓的“北大舆情”中存在着很大的错位、很深的误读。当人们口口声声“北大应如何如何”、“北大何故如此如此”的时候，仿佛总有一个声音弱弱地发问：今夕何夕兮，哪个北大？何时的兼容并蓄？ 真所谓暖风熏得游人醉，竟把今天的燕园看作昔日红楼，这不是天大的错位和讽刺吗？即使在千呼万唤之下，蔡先生归骨北大，葬于燕园一隅，然其魂将何附、魄将何栖？魂兮归来的蔡元培将何以观今日之北大？说到底，今日之燕园不是昔日之红楼，一点也没有什么不对——试问神州雕栏玉砌虽犹在，朱颜早已改，北大云何哉？

邵燕祥等先生在感叹蔡先生遗骸难归之后，终于还是说了“不归也罢”。我倒觉得这不是罢不罢的问题，而是何必归去、更无需归去。蔡先生怀抱天下，所幸其思想自由、学术上兼容并包的理想一息尚存，正是天涯何处无桃李。君不见吐露港畔校园人声鼎沸、师生问学四方、思想雀跃，更兼年年有弦歌灯火不辍。蔡先生在此蓝天之下面朝大海，卧听百年波涛，又有何不好？

哲人远矣，然其风范与理念仍常常启人回眸静思。看近日北大校园有辞退某人之议，有论者以“兼容并包”之训为念，称此议有悖自由主义之旨。这事情本不值得一议，但由于关涉到对蔡元培先生当年办学用人的理解，可略作申论。向来论者都认为蔡先生的用人方针是兼容并包，杨晦说是“新旧派别，无不网罗，五光十色，应有尽有”。郑天挺等则恐此论有被误解之虞，而力言“兼容并包”是指学术流派而言，而许德珩则更认为“所谓兼容并包并不是新旧一揽子全包，而主要是罗致具有先进思想的新派人物，对那些腐败守旧人物则尽量排除”。有学者认为此说是实情，从具体的考察中可知蔡先生用人既有学术上兼容并包的一面，也有以“模范人物整饬学风”的另一面（参阅陈万雄《五四新文化的源流》“蔡元培的出掌北大”一节，三联书店，1997年）。因此，即使先不谈应如何以自由主义之思想原则看待此事，仅从对蔡先生当年“兼容并包”的用人之道的全面理解，实未可片面轻言“并包”。

百年北大，浪淘尽多少风华人物，蔡元培之后是胡适、蒋梦麟、傅斯年的时代，在马寅初以后就无声地滑入了犬儒、卑微的时代。眼下北大校园中传出的阵阵喧嚣的声浪，无论是叫骂声声还是恶俗无比的载歌载舞之状，难道还与蔡元培和胡适们的北大有什么关系吗？如果说已经实在找不出两者之间还有什么精神的维系，这样的北大还有什么值得说道的呢？

或许在聚光灯外，北大法学教授龚祥瑞的一生或许比很多知名的“北大人”更能反映出北大的精神命运。龚祥瑞青年时代在英国系统地接受西方政治学、法学教育，一生不变的主线是对中国宪政问题的研究、思考和奋斗。在20世纪中国社会的政治风云中，人们可能会想象其命运应坎坷曲折。然而，龚先生的一生还是以谨慎的性格、超然的中间立场和温顺的行事策略顺应着现实而生活，甚至还揭发、批斗过他的老师。而在这种“说不上是正剧还是悲剧的人生命运”（陈有西语）中，人们可以更痛切地感受到一代中国知识精英的性格及其精神命运。但在其晚年，他毕生不懈的学术追求终于焕发出风采，时代风云终于把一个宪政主义者的学术良知和深邃思考推向了思想前沿，直至他生命的最后时刻。在1989年11月，龚先生在广西大学与法律系师生座谈，出现了令人动容的一幕：在回答一位同学的提问时，“我回答说：‘我是说：我们的政府不会让步，因为在他们看来，这是个生死存亡问题。’接着，这位提问的同学又站起来仰着头说：‘那么，老师——我们永远没有民主的希望了！’我怆然泪落，默默地慢吞吞地走回讲坛，自言自语地说，似乎是向全班的同学说：‘你们还年轻，无需有丝毫的悲观！’当我回到讲坛后，下课铃响了”（《盲人奥里翁——龚祥瑞自传》，第353页，北京大学出版社，2011年）。我认为，这一幕情景对话应该写入20世纪中国法学教育史和北大的校史上。另据宋先科的《忆龚祥瑞先生》，1990年10月的一天，龚祥瑞在和三五个同学在未名湖边散步时，郑重其事地告诫他：“对于专制、独裁、暴政，无可奈何时服从，可能时抵制，时机成熟坚决推翻！”宋先科说这话“由这个平常胆小怕事、谨慎万分的老先生语重心长亲口说出来，实在难能可贵”。我翻开龚祥瑞写的专著《比较宪法与行政法》第81页（法律出版社，1985年），确有此语：“这里有句名言：‘必要时服从；可能时抵制；适当时推翻之。’暴政应该推翻，甚至粉碎——公正地行事以博取道义的支持。”一生怕事的老先生把这句话从书里说到书外的未名湖，真的可以激起一点遥想北大的波澜。

从龚先生的回忆可以获得的一丝安慰是，尽管前面说过“北大舆情”是很大的错位，但毕竟“北大”是存在过，也影响过现在很多人的。因此，仍然愿意关注北大的人们，应该更多地在精神的废墟中寻找与接近那些很普通，但在内心深处仍存“北大”之念的教师与学生；无论他们现在还是如何稀少的一群，无论那些精神的光芒还是如何的微弱，毕竟还是蔡先生魂兮归来的最后的希望。

2011年11月29日

（原载《时代周报》2011年12月1日，有删节）

第四辑
文艺观察：寻找自由的天空

当代艺术与社会公正

第二届北京双年展的举办以其宏大的规模和欢腾的景象使中国当代艺术界又产生一轮新的热潮，而对于社会公众来说，如何认识和评判存在于中国社会现实中的当代艺术活动、生产、消费等已成为一个需要关注的话题。这是因为，作为一种社会事实的当代艺术活动的发生前提就是耗费资源，近几年来，国内举办的规模较大的国际性双年展主要还是离不开政府出资。因此，公众（纳税人）对此进行社会经济、社会政治、社会伦理等层面上的追问就是一种正当的权利。

一、当代艺术活动与社会公共资源的分配、使用问题。这个问题无疑具有挑战性与现实意义。中国政府的文化管理当局接纳当代艺术的作品形式、展览方法、审美时尚和人员交流等做法的速度是很快的，但是关于这种接纳、投入行为的社会经济核算却来得很慢，甚至直到今天我们还没有看到过一份关于实施大型当代艺术项目的经济决策和经济核算的法案、报表、公示等等。我们的人大代表已经可以在会议上对于政府的某项重大工程的预算案进行质询甚至否定，但是对于动辄投入几百万元甚至上千万元的当代艺术活动（大型的双年展等）的经费来源、利益分配等问题尚未提出过质询。但我相信，这一天一定会到来。

从理论上看，政府管理部门动用纳税人的钱必须是以符合纳税人的近期或长远利益为原则的；如果说社会经济工程、公用事业设施等项目尽管内中也必然会有种种应该深入研究的问题，但从基本应用意义上来说与纳税人的利益相关仍是较为明显的话，那么当代艺术活动的利益问题则是相当难于辨明的。这并不是说要把包括当代艺术活动在内的精神生产与物质利益的生产同样地放在公众权利的天平上共同接受审议——由于精英阶层与普通公众在文化修养、远见目光等方面必然存在的差距，不应该，也不可能让公众像讨论广州洛溪大桥是否应该继续收费那样讨论是否应该举办一个当代艺术展览。但是，不进行这样形式的讨论和表决并不意味着我们的文化建设决策者可以把这笔投入看作与纳税人的利益及其权利表达无关——虽然在口头上不会有人这么说，但是在实际运作中，是否已经考虑了纳税人的利益和权利问题，还是很值得怀疑的。享受由国家资助的当代文化——其中当然包括了当代艺术——的创造物在理论上是全体纳税人的权利，因为正是纳税人的付出使所有这些创造成为可能，但是，在实施这种创造与享受的过程中充满了政治与经济的问题。其中很简单的一个问题是："权利实施需要公共支出，这提出了一个急迫但却被忽视了的民主责任与分配正义问题：根据什么原则分配税款实施法律权利？谁决定多少资源用于资助哪个具体的团体或个体的哪种具体权利？"（史蒂芬·霍尔姆斯、凯斯·R．桑斯坦《权利的成本——为什么自由依赖于税》，第166页，北京大学出版社，2004年）

应该承认，国家投入当代精神文化建设的社会经济学问题是比较复杂的，那么我们就从纳税人的角度、从相对比较简单的层面提出一些初步的追问好了：

（1）与我国美术馆、博物馆普遍存在的经费严重不足的情形相比，对于某一次极为短期的、专业性又较强的当代艺术活动的大投入是否远远打破了纳税人的长远利益与短期利益的平衡——即便可以假定这种极为短期的当代艺术活动也的确符合纳税人的短期利益的话？

（2）当这类艺术活动被视作国际大都市的形象工程而极尽招揽艺术名流、重金打造作品之能事的时候，国际买家的大举进入使其成为市场上的最大赢家，与此相比，纳税人的获利如何体现出来？或者说，纳税人的利益是否受到了损害？

（3）如果把国内大都市的畸形发展与贫困落后地区的强烈反差考虑进去的话，在种种不惜千金一掷的艺术工程中，作为一个国民整体的纳税人所受到的不平等对待是否可以归结为一种劫贫济富的文化暴敛？举一个例子。据称中国歌剧院的5000多张椅子要从法国进口，每张5.8万元——人们批评说，这里的一张椅子放在贫困山区可以解决几千学童席地而读的问题。

（4）从这类大型艺术活动的预算、分摊、工程承包、酬金分配、作品收藏、接待规格等等一系列真金白银的支配使用过程中，政府曾经制订和实施了什么具有准确的、专业针对性的防止腐败的措施吗？当代艺术品的生产过程在很大程度上会如同它的产品一样充满了诡异、夸张无度、故作惊人之笔，腐败的空间与可能性远非常规的建设项目可比，反腐监控的难度很大。那么，纳税人又能怎样监督他们权益的代理人呢？

最后，如果纳税人怀疑这些问题还只是露出海面的山尖，在其底下还会隐藏有更多问题的话，又有什么机制保证他们的知情权呢？

二、中国当代艺术的社会责任问题。2000年底在深圳何香凝美术馆第三届当代雕塑艺术年度展的研讨会上，我提出应该把当代艺术与当代生活中的弱势群体的关系问题，作为研究当代艺术的公共性的一个重要侧面。在其后的研究文章中我不断呼吁艺术家关注弱势群体与社会苦难，2004年下半年我策划的“新宣传画展——呼唤社会正义与公平”则是这一论题的具体实践。我曾经提出的问题是：如果说是否愿意让自己的艺术与弱势群体及当下发生的苦难发生联系是个人的选择自由的话，为什么在当代艺术活动中可以存在的选择的自由很难导致对弱势群体和苦难的选择呢？现在应该继续追问的是，除了权势者的压制和资本市场的诱惑等这些比较显明的外部因素——被这些因素宰制的艺术家无疑成为了体制现状的获利者和支持者——以外，作用于艺术家与艺术活动专业人员的内部性因素是什么？

从社会学研究的角度来看，社会责任感的缺失是一个不容回避的因素。什么是责任和社会责任？所谓责任，既是指一种对于自己的行为负责的价值态度，也可以指在良心驱使下自觉承担的义务，还可以是一种自我期许的理想人格认同。（参阅卡伦·霍妮《我们内心的冲突》，第111页，贵州人民出版社，1990年）而社会责任，则把这种价值态度、义务、理想人格从可能只是个人与个人之间的问题扩充到以社会为观测点和实施领域的范围。知识分子对待弱势群体的社会责任感在现代乃至后现代社会中已经历了巨大的变化，按照齐格蒙·鲍曼的分析，今天的弱势群体已经不再具有传统的工人阶级那种自我意识、历史使命，因而不再具有对知识分子的吸引力，因此知识分子虽然怜悯他们，但总会克制自己，不愿意与他们及其苦难发生什么联系。（参阅齐格蒙·鲍曼《立法者与阐述者》，第11章，上海人民出版社，2000年）但是，在中国的当代艺术家群体中，我不知道有多少人的确是像鲍曼所分析的那样失去对于弱势群体的社会责任感——那样一种原因毕竟还是极大地体现出知识分子仍然具有使命意识。假如并非像鲍曼所分析的那样，我想只能从中国当代艺术家作为一个群体在价值观念、理想人格等方面所存在的整体性缺失来认识这个问题。

关于社会正义与公平的道德意识和道德勇气是构成相应的社会责任感的基础，我们所经历的社会转型所带来的严重冲击也正是在道德意识和道德勇气两方面表现出巨大的负面影响。如鲍曼在另一本著作中所分析的："官僚机构压制了道德冲动，或宣告其有罪；商业则完全将它们抛在一边。……这两个战略对人们所产生的短期后果也许完全不同，然而长期后果却极为相似：日程表上去掉了道德事务、损害了行为主体的道德自主性、侵害了'为自己的行为的后果负道德责任而不论后果多么遥远和间接'这个原则。现代组织和现代商业都不提倡道德；甚至使坚定地信守道德的人的生活变得艰难而无报偿。"（齐格蒙·鲍曼《生活在碎片之中——论后现代道德》，第307页，学林出版社，2002年）他还认为："要成为一个道德人必须费大量力气和克制力去抵制逃避共同责任的压力和诱惑。" 这样，虽然问题还是与压制与诱惑等外部因素紧密相连，但内部性的因素还是更关键的——抵制力的完全缺失。

可能有人会对在作为社会事实的当代艺术中大谈道德意识和社会责任之类问题十分反感，并且可以很轻易地以泛道德化和泛政治化的帽子回应对他们的批评。其实，即便抛开后现代伦理学上关于道德选择与生活选择的必然性不谈，从很多艺术家的生活与艺术生产的变化轨迹所反映出来的精神方面的倾向来看，存在于内心的道德选择（在趋利避害、享乐人生等原则的指引下）恐怕这些艺术家自己是最清楚不过的。同时，如果艺术家在今天以对是否存在"选择的自由"表示质疑来为自己的冷漠、非道德化选择辩护的话，在传媒界、思想界、知识界以及广阔的社会工作领域中的众多事例完全可以使这种辩护变得苍白无力。

现在的问题不是有太多的艺术家关注现实、有太多的艺术品泛社会化或泛道德化，而是太少有艺术家和艺术作品关注社会的苦难。固然，任何人都无权要求当代文学和艺术一定要干预生活、拯救社会于苦难，但同时，社会与苦难对于以精神与情感的挖掘与表达为志业的写作者、艺术创作者所抱有的期待也是任何人也无权蔑视的——生活在社会上和苦难中的人以及所有纳税人对于文学与艺术有所期待也同样是任何人也无权蔑视的。

三、当代公共艺术中的"自由"问题。著名的美国经济学家阿马蒂亚·森对当今社会政治与经济现实中的民主、自由问题的研究作出重要的贡献，他区分了作为首要目的的自由和作为主要手段的自由，"必须把人类自由作为发展的至高目的的自身固有的重要性，与各种形式的自由在促进人类自由上的工具性实效性区分开来"，同时他也强调了这两种自由的相互联系与促进的关系。（阿马蒂亚·森《以自由看待发展》，第31页，中国人民大学出版社，2002年）

认真思考这种康德式的命题对于我们从社会政治学与经济学的角度思考当代艺术中的自由问题将有很大启发。我们过去比较容易从艺术家的创作自由的角度看待自由问题，只涉及艺术创作状态的自由与作品发表的自由空间等，所谓的体制内外问题也被看作是以"自由"为参照系，因而才有"自由撰稿人"、"自由艺术家"等身份性称谓。

在经济学的启发下（也是在目前的社会经济建构活动中可以获得的思考），我们不难同意这样的观点：当代艺术中的自由所涉及的更重要问题是多方面的，比如社会每一个成员实现自己的实质性权利——按照个人意愿选择与实现生活的"可行能力"（capability），社会公共资源被运用于精神生产的平等权利，"自由权"作为普世价值标准在所有权利诉求中的程序性优先权，等等。

因此，在当代社会中，古典式的艺术家个人的创作自由问题必须与社会政治与经济学的问题研究结合起来才有意义。也就是说，艺术自由并非仅仅与从事艺术创作的人有关，也并非仅仅与那些对艺术发生兴趣的读者有关，而是与所有生活在经济生活中的社会成员有关。另外，在布尔迪厄和哈克的讨论中也表明，艺术表达的自由权利所受到的威胁来自于当代生活的众多方面：新闻界、学院、国家的文化委员会、政府机构的订货、私人企业的赞助等等。（参见皮埃尔·布尔迪厄、汉斯·哈克《自由交流》，第12页、36页，三联书店，1996年）因此，在自由问题上的简单化的二元对立模式肯定是很片面的。

这样，通过对公共领域以及自由问题的初步梳理，当代艺术中的自由问题在社会学视野中，作为纳税人应该追问的是：

（1）如果承认与艺术相关的自由并不仅仅是艺术家的权利，那么，所有社会成员应如何理解和实现他们在艺术上的自由权利？“人人都是艺术家”的当代艺术应如何应对非艺术家的权利要求？

（2）尤其是在公共环境中实施的当代艺术活动，如何界定实现自由与侵犯自由的权利与边界问题？城市居民与小区业主对于公共环境的自由权利如何界定？

（3）如何进一步思考通过法制建设的途径建立保障当代艺术的创作自由、实施自由的社会机制？有这种可能吗？——理查德·A．波斯纳说：“不幸的是，政治的，甚至许多科学的思想的真实性，并且更主要的是艺术和文学作品的美感或乐趣，都不能通过法庭程序或者由政府专家可靠地决定，因此也就不能授权法官、官僚或专家决定。”（见其《法律理论的前沿》，第90页，中国政法大学出版社，2003年）但是，自由问题与美感、乐趣问题似乎还是有着根本的区别。

（4）在争取当代艺术的实施自由的同时，是否也应该承担着更大的社会责任？目前国内许多当代艺术活动的自由意识与责任意识是否已经建立了相关联的纽带？

我相信，对于上述这些问题的真正回答不应只是理论上的，而应该主要是实践上的。在社会学的研究方法、框架和各种理论的启发下，把当代艺术的具体事件、作品、人的活动等等研究对象放置于权力结构、社会机制、阶级利益、权利平等、程序正义、道德体系等范畴中进行检验，就在形式和内容上进入对于当代艺术的社会学追问之中。

但是，单纯进行理论上的追问只是一种理性的建构活动，更为重要的是在社会生活的公共实践中进行追问。那样一种“追问”的实践将使用公众可以听得懂的语言，而不是某些当代艺术的理论家、策展人所擅长的玄学式语言；它还将首先使自己成为一支目光锐利的探测器，探测当代艺术生产者的灵魂和文化事业管理者的价值诉求；它可能会使政府的艺术活动决策发言人感到难堪，也可能让纳税人感到震惊与愤怒；它会像讲故事那样把所有利益安排的得失讲得让老百姓可以反复掂量——总之，社会实践是实现这种追问的最好途径与最有效方法。然而，这种社会实践必须要建立在一定的社会环境之中：社会成员对这些问题的关注、传媒机构的积极配合、文化管理者的宽容、艺术家对于自我救赎的良知等等，否则“追问”的实践将难以真正实施。

2005年9月17日

（原载《南方都市报》2005年10月18日，有删改）

艳阳金光真或伪，兼问苍生与鬼神

作家浩然的去世又将引起人们对其人其文乃至“文革”文艺的反思和评论，这是很自然的。浩然自己在生前曾说，对他的争议还在持续，有些人对他的事情并不了解，许多作为攻击要点的细节不准确。因此他认为自己必须站出来把事情说清楚。其实，对于这位曾经是中国最多产、最有影响的作家而言，对其作品的真实价值的认识和评价才是最重要的。

在这方面浩然本人也曾有所言说，但遗憾的是我认为他对自己作品的认识并没有随着时代的进步而表现出反思的精神——我并不是说他必须否定自己过去的作品，而是说他没有直面某些无法回避的问题，比如那些发生在农村的惨痛历史教训。在20世纪90年代末那一轮对于浩然现象的热议中，他明确表示从未为以前的作品后悔，相反仍引以为骄傲。北京市文联主席管桦为浩然的创作和政治问题作出辩护，他认为“浩然的作品反映了共产党领导农民通过互助组合作化集体致富道路和事实，那种对浩然作品的否定性批评，实际上是对我们党17年农村工作的彻底否定”。我认为这的确接触到问题的要害：无论人们如何肯定或否定浩然的作品，最根本的原则还是要看其作品基本上真实地反映了生活现实还是粉饰和歪曲了生活现实。我必须承认，浩然流畅地讲故事的吸引力，他对人物行为、性格的描写和揭示能力，他对农村日常生活的熟稔和认同，都曾经深深地感染过我们这一代人。但是假如他所描写的那个时代的农村生活根本就不是什么“艳阳天”、“金光大道”，那么无论他的文本写得如何情节生动、性格鲜明，如何充满了泥土的芬芳，

邝飚《好声音》，漫画。

都是大有问题的。

在合作化运动开始的时候，尽管已有了各种强制性的手段，但自愿加入、民主办社的原则还在一定程度上能够体现出来。遗憾的是，到了1955年，随着时任中央农村工作部部长的邓子恢受到错误批判，原先的稳态政策一下子变得急剧冒进。从互助组到合作社再到高级合作社的农业合作化过程从原定的三个五年计划变为四年就完成。结果出现许多农民收入减少、一些社干部作风恶劣，乃至各地不断发生退社风潮。1957年7月，在反右斗争的影响下，合作化中出现的问题、鸣放中出现的言论都被看作是社会主义与资本主义两条道路的尖锐斗争，结果在许多地方出现了乱拉乱斗的现象。这就在农村形成阶级斗争扩大化的基本态势，也为急于在农村实现共产主义的人民公社运动扫除了障碍。1958年夏秋之间，人民公社在“大跃进”的浪潮中骤然遍地出现，供给制、“共产风”和公社食堂一哄而起。种种负面的积弊在1959年开始出现的所谓“遭受三年自然灾害”时期全面爆发出来，可以称作是带来了空前灾难和遍地饿殍。1959年开始出现饿死人，1960年春，中央粮食部门和江苏省委分别派工作组去江苏调查，确认了缺粮引起大批人死亡的事实。根据一份档案材料，1960—1961年安徽凤阳县33万人口中有 6万饿死，并发生了 63 起有记载的人吃人事件。今天的历史学家大都同意，1958—1961年在中国农村发生的大规模饥荒是人类历史上死人最多的人为惨剧，有学者以国家统计局发表的数字为依据，认为仅仅中国农村的非正常死亡人数就可能达4000多万。

浩然在1962年开始创作《艳阳天》，作为一个自认为对农村最了解、对农民的命运最关心的作家，上述这些农村的真实情况他是否没有可能知道呢？能否仅以一句“时代的制约”就把作家的良知与个人的选择都掩盖住呢？这些都是值得追问的问题。艳阳金光真或伪，兼问苍生与鬼神。我们可以访问大饥荒的幸存者，浩然可以叩问泉下的鬼神，各式各样的答案一定会是很有意思。

同样是社会主义、现实主义的口号，秦兆阳在50年代提出以“社会主义时代的现实主义”代替“社会主义现实主义”，他提倡的是诚实的现实主义，对于非真实的社会主义理想天堂的肆意夸张是一种抵制。同样是写农村题材，也同样是在思想伦理的层面上展开对于农民命运的言说，柳青写于1959年的《创业史》就不同于《艳阳天》、《金光大道》，它在文学与现实生活的关系方面更具可信度。我认为，“艳阳”和“金光”的确在诸多方面都具有永恒的标本意义，比如：它们可以被看作是符合和诠释某一种文艺思想体系的农村题材经典之作，它们也可以给后人揭示出以文艺粉饰与歪曲生活现实的深渊、歧途，还有所谓创作方法上的“社会主义现实主义”神话的破产。

2008年2月22日

（原载《南方都市报》2008年2月23日）

图像与政治（五则）

一

把纳粹党的嘴巴安插在人民的耳朵旁。

这张照片拍摄的是1938年德国宣传部长约瑟夫·戈培尔在柏林无线电展览会上观摩收音机产品，如果单纯看这张照片，它似乎只有工业的或商业的意义，但实际上这是20世纪极权主义政治史上具有重要政治含义的图像。

收音机原本作为一种传播新闻以及知识、艺术的现代工具，却被德国纳粹党人视为宣传党的意志、控制人民思想的有力武器。早在1933年，纳粹党人制定了强令推广普及收音机的政令。政令指出："收音机把每一个普通群众与政府元首及各位共同作战的领袖直接联系在一起。……最新的政治事件再次表明，收听广播不再是个人消遣，而是国家政治的责任和必需。"该政令甚至宣称，"不准德国境内任何一所房子里没有收音机。"可以说，户户通收音机喇叭是当时德国人民政治生活中的一件大事，谁家要是没有收音机，就是政治上落后的表现。

1933年8月，德国生产出价廉物美的新款收音机，受到广大顾客的热烈欢迎。到1939年，购买收音机的人达到1240万。这款收音机有一个更带有时代气息的名称——"群众接收器"，它比"小喇叭"之类的爱称更有鲜明而生动的政治性。戈培尔的宣传部不遗余力地推广"群众接收器"，要尽一切力量把纳粹党的嘴巴安插在人民的耳朵旁。"收音机目前是运动和群众、党心和民意之间最有效的沟通工具"，戈培尔这样写道，他把收音机看作是贯彻党和领袖意志的有力武器。

二

1936年柏林奥运会。

前些日子，中国外交部发言人就英国《泰晤士报》某记者将北京奥运会与德国纳粹奥运会相提并论的问题回答了记者的提问。

1932年（一说1931年）国际奥委会确定柏林为第十一届奥运会会址。但在1934年，针对纳粹德国的反犹主义和扩军备战，国际奥委会对是否仍在柏林举行奥运会进行了专门调查。负责这次调查的是当时的国际奥委会委员、一贯声称“体育与政治”分开的美国人布伦戴奇，国际奥委会因受希特勒宣传和表面现象的蒙骗而维持了原议。1936年6月，欧美多国人士在巴黎召开了“保卫奥林匹克思想大会”，号召全世界人民抵制纳粹奥运会，并积极争取将会址改在巴塞罗那。可惜的是，巴塞罗那运动会由于法西斯分子的捣乱而流产。

纳粹党人为了借举办奥运会来宣传德国的“繁荣与昌盛”，不惜耗费巨资兴建了一座能容10万人的大型运动场、一个有两万个看台的游泳馆，以及体操馆、篮球场等，还修建了一个比上届洛杉矶奥运会更豪华的奥运会村。根据纳粹德国奥运组委会秘书长卡尔·迪姆的提议并得到宣传部长戈培尔支持，由国际奥委会作出决定，奥运圣火从奥林匹亚接力传递到主办国会场的仪式从本届奥运会正式开始。

第十一届奥运会于1936年8月1日至16日在德国首都柏林举行。上图即为盛况空前的大会开幕式，同时，奥运会历史上首次进行了电视实况转播。

三

哲学与政治对垒。

这张新闻照片拍摄的是1968年法国学生“五月风暴”中的一个场面，是学生与警察的街头对垒。当时在巴黎左岸的拉丁区曾在一夜之间筑起了几十处街垒，到处是学生与警察发生冲突，全社会被彻底震撼。继学生走上街头之后，1000多万工人占领了工厂、举行罢工，与学生运动相呼应，共同冲击着戴高乐政权的政治体制和社会管理模式。

青年学生的造反运动总是在各种思想激烈冲突的漩涡中爆发，学生们从课堂走向街垒、从哲学走向政治，“五月风暴”的思想遗产至今仍是思想界热切地讨论和争辩的课题。正因为这样，这张照片被引用在一部哲学著作中，被用来诠释存在主义哲学的政治意蕴。的确，20世纪的法国知识分子尤其是哲学家在社会公共生活中所起的作用是无与伦比的。那些穿着黑色高领毛衣、抽着雪茄烟的哲学教授走在学生队伍的中间；萨特还在街头派发过传单，他告诉学生：只有选择、行动和反抗才能解决人类社会的困境；他主编的《现代》告诉学生何谓一个完整的人——“完全自由又完全承当责任”。更富有浪漫诗意和献身激情的是，他力图使哲学、使存在主义“变成游击战的一种方式”（彼得·沃森语）。

与那些街垒战之夜的冲突图像相比较，我更喜欢这张图像的理由是：哲学与政治的对垒是如此的阵线分明，理性与激情的碰撞刚好处于一种暂时的平衡状态，学生之中有教授，警察之后是传媒，所有的学说、信念、制度、力量，以及所有的理智与情感、渴望与恐惧、灵魂与肉体——现代政治文明中不可缺少的因素似乎都在这一相对静默的时空中浓缩为一幅我们也并不陌生的对垒图景。那种在对垒中产生的青春生命的动人气息、那种解放和节日般的气氛又像是重新回到了我们的心上。

四

“布拉格之春”以及苏军的侵略。

1968年1月，亚历山大·杜布切克当选为捷克斯洛伐克共产党第一书记。他开始为政治斗争中的冤假错案平反，对新闻与出版的审查制度也取消了，被称为“布拉格之春”的自由民主得到支持。4月15日，捷克共产党发表声明，认为“如果没有思想的自由交流和整个社会和政治体制的民主化”，就“无法建设社会主义”。

然而，从5月份开始，苏联就不断向捷克施加政治和军事压力，企图干涉捷克的内政。7月29日，苏联召集捷克领导人在两国边境开会，捷克人民发起了签名请愿运动，支持本国政府独立自主的社会改革进程。由于捷克自由改革运动继续发展，8月21日苏联及华沙条约集团的军队突然入侵捷克，杜布切克等捷共领导人被苏军逮捕。就在这一天，布拉格发生了学生、工人与苏军坦克的流血冲突，有历史学家统计，大约有80名捷克人被枪杀。虽然直到10月份在各地还存在着捷克人的示威斗争行动，但是自由改革运动很快被镇压下去了。

这张图片表现的是捷克人在街头与苏军坦克进行对抗的情景。有评论认为，苏联的军事行动很快变成政治上的失败，捷克人民拥护自由改革、反对苏联入侵的立场坚定、勇气可嘉。从这张新闻图片上看，此时的冲突尚未达到最激烈的程度，很可能正是以汽车堵截坦克和与苏军士兵进行面对面的辩论斗争。

在我们这一代人的记忆中，当时中国政府强烈反对“苏修叛徒集团悍然出兵干涉别国内政”，并指出这是“苏修”“推行法西斯强权政治的最露骨、最典型的表现”。而在许多历史学家的著作中，这一事件表明了东欧的民主社会主义者改革梦想的破灭，“要么选择改革，要么选择社会主义”；另外，它也使东欧党的领导人看到了因改革而丢失政权的危险；同时，它使那些听命于苏联的捷克党领导人更进一步地陷落于腐败、无耻和没落的境地。

五

最美丽的女人：后门演讲者。

这张图片采自美国历史学家写的一部世界通史，图片下面的说明文字是：反对党领导人和诺贝尔奖获得者昂山素季在缅甸仰光的“后门会议”上。

昂山素季，缅甸民族英雄昂山将军的女儿，早年留学和旅居英国。1988年回到缅甸投身民主政治活动，成为缅甸最大的政治反对派组织“全国民主联盟”总书记，在各地巡回演讲，宣传民主。她深受马丁·路德·金和圣雄甘地的非暴力理论影响，呼吁以和平方式实现民主改革和自由选举。1988年9月缅甸发生军事政变，群众示威遭到军队的血腥镇压。昂山素季拒绝了被驱逐出境而获自由的条件，从1989年至1995年被政府软禁在家。在这段时期她开创了一种继续向民众宣传民主政治的独特方式——在她家的后门向街上民众发表演讲。图片上手执话筒者就是她。

在1990年5月的缅甸大选中，昂山素季本应成为国家总理，但选举结果被军政府作废，她则屡次遭受被捕和软禁的政治迫害。1991年她获得诺贝尔和平奖。这位美丽非凡的女性同时又是极为坚强的民主斗士。她曾经撰文驳斥了发展中国家应该“经济先行、民主后行”的观点，并公开指责许多当权者将民主运动、人权运动不分青红皂白统统说成是西方意识形态影响而加以否定和镇压，并呼吁联合国充分重视、支持发展中国家尤其是贫穷落后国家的民主运动和人权问题。她在各种著述和演讲中反复强调“我们需要一个更好的民主政治，一个有着同情心和爱心的民主政治”。诺贝尔和平奖颁奖词指出，昂山素季最可贵、最美丽的所在就是在面对极权主义、暴力、监禁、暗杀、言论控制的现实，她表现出了非凡的公民勇气。

多年前我主编《东方》（北京）杂志的时候曾编发过老木写的《最美丽的女人》，当年那种深受感染的心绪至今仍存。她的美丽与睿智、坚强与温柔，她的无比高贵的气质，以及她无比温仁的博爱情怀，无不映衬出极权政治的丑陋和残暴。

（这组短文撰写于2008年四五月间，发表于同时期的《新快报》）

流放者的归来

从去年开始，关于星星画展的回顾图文不断出现，回顾展览也相继举行。虽然也仅是圈子内的事情，但在我看来，“星星画展”的归来仍有一点敏感的意义——当“星星”已被作为一种可资炫耀的历史资源的时候，我想强调的是它作为一种政治象征的归来，对当下的精神语境将有何触动。我被勾起的是20世纪80年代末读考利的《流放者的归来》的心情，那时我的确“一心想的是革命同志团体的白日梦”，想的是如何“与同志们肩并肩地走出不公正和不合逻辑的境地”。

目前有关“星星画展”的言说中我较关心的是两种声音：一是历史账本的声音。有人说“星星”不可能进入“世界美术史”，连中国本土美术史账面也没了他们；“历史的抹杀者”、“‘弑父’情结”、“寻找原点”论等等。二是在野在朝的诘难，对山野与庙堂的际遇未能释怀。铁栅栏的通告与对付游行者的警队，是体制与反体制的斗争，而进入中国美术馆和进入北京市美协，则是招安与归顺的和谐。这令我想起近年来有学者对丁1949年第一次全国文代会的一种识见：当年的被排斥者才是有风骨的文化英雄。或许这也是对人性的苛求。我认为，单纯的回顾只能带来怀旧的思绪，而争相说着当

1979年10月1日，“星星画展”的“维护宪法游行”，北京。

年是谁谁谁最先干的什么事，更是有点煞风景。只有那些带有问题意识的回顾与澄清事实会具有真正的历史价值。今天我无意于在这些话题上饶舌，只想从思想观念的角度回看“星星画展”。

“星星画展”的主要成员马德升说：“还是把它看成是一场美术史运动比较到位”。其实，我并不担心未来的中国美术史写作会忽略了“星星”的存在与意义——那是一段谁也无法绕过去的历史。我倒是担心艺术史的写作会疏于思想的内在性脉络与启蒙意义，而思想史的写作者则可能会把“星星”忽略。我所谓的思想史角度，其实就是当代中国人以思想碰撞现实的历史，是以立场、动机、气质等等因素凝结为个人自由的旗帜的历史——我们永远不应忘记的是，艺术是人们寻求心灵自由的途径，尤其是在文化专制主义笼罩的时代。

今天我们喜闻的是亲历者的微观视角，宏大叙事易遭放逐。然而，“星星”的根脉和真谛无法脱离20世纪70年代末的思想解放运动，它是从四五天安门广场、从西单民主墙起步的。说思想解放如澎湃春潮而一泻千里，那只是当时人们的自我宣泄和今天的浪漫叙事。实际上当时中国的思想状况就像一只被震裂的巨大锅炉，一切异端的思想和感情都在寻求着缝隙向外冲击。关于实践是检验真理的标准、关于人道主义和异化理论的争鸣，以及以《今天》等刊物为代表的民间思想活动的勃兴、人文社科学术生命在挣扎中复苏、文学艺术的“伤痕”呐喊，都是力图把束缚自由心灵的紧箍咒砸碎。“星星画展”的发起人黄锐说，取名“星星”是强调星星作为独立发光体的存在，相对于“文革”只有一个发光体——作为太阳的毛泽东。

以后画展被禁，艺术家们上街游行，大家喊出了“艺术自由”的口号。走到府右街的时候遇到警队，大部分立刻散去，“连奋力喊出的口号也被风吹散了……这个场景令我终生难忘”。黄锐的历史叙事勾勒出反对派争取自由的姿态、气质和尊严。

有评论家认为“星星画展”“从政治性批判意识、启蒙性精神追求和形式性艺术探索三方面为中国文化的现代性历程拉开了序幕”，这固然是较为全面的评述，但是我认为其中更应突出的是以“自由”的理念看待“星星画展”。在改革开放以来的艺术思潮中，一直涌动着欲望冲动与自由主义价值观念的内在联系，但是在对这些艺术思潮的研究和评述中却比较缺少自由主义价值观念的研究。而对于今天流放者的归来而言，艺术自由的问题难道真的已经解决了吗？且不说话语权力在晦暗不明中还保存着随时可以宰制的力量，在资本、名利的煎熬催逼下谁又是自由而独立的呢？回顾“星星画展”，与其说是寻找那个历史的“原点”，不如说是触动我们的心灵，是其重温对自由的向往和斗争姿态——以为解决当下的问题提供精神上和气质上的资源。

2008年5月20日

（原载《新京报》2008年5月25日，题为《“星星”的价值解放心灵》）

廖冰兄的良知与勇气

各位朋友：

今天我们在这里举行廖冰兄纪念雕像安放仪式，我们之所以这样做，不仅仅是因为廖冰兄先生是一位著名的漫画艺术家、是我们所敬重的朋友或老师，而更重要的是，廖冰兄先生代表了大半个世纪以来中国艺术家反抗一切专制暴力，追求自由、民主、平等的良知精神和道德勇气。我们在这片苍翠的山冈上安放这位艺术家的雕像，更是为了表明我们的祈愿：让廖冰兄所代表的那种精神得到传播和生长，让那种精神在争取中国自由、民主和富强的斗争中永不缺席。

廖冰兄先生曾在文章中说："我感到自己处于世界漫画史的纵横线的一个交叉点上，因为中外古今的漫画大都偏于幽默以及所谓黑色幽默，而我的作品却偏于发泄悲愤，不是使人感到轻松而是感到压抑、震撼。"综观他一生的几个创作高潮期，的确可以看到他是如何不遗余力地揭露和批判中国大地上各个时期各种形式的专制主义、愚民统治和落后的国民性。可以说，在中国现代美术史上，像他那样悲愤与疾呼直至20世纪末的艺术家极为罕见；如此长时期地、执着地以漫画为武器记录了中国人民大半个世纪的苦难历程的，他是唯一的。他一再强调，"画漫画就是要记录历史"。因此，他的艺术介入现实、介入政治之深，恐怕也是无人能出其右。他的许多代表作品，如《自嘲》、《禁鸣》、《噩梦录》等，均已成为20世纪中国人民反专制极权斗争的精神性象征。

各位朋友，我们今天在这里举行纪念廖冰兄先生的活动，也并不是因为他是一位人格多么完美无瑕、艺术多么杰出伟大的艺术家。相反，正如廖先生自己曾经说过，“我也要批判自己，我也做过很多坏事”。我们都知道，在建国后的历次运动中，中国知识分子在精神上、人格上受到的内在扭曲与思想阉割是一种更痛苦的摧残。廖先生最可贵的地方是在“文革”结束后的醒悟与无情地解剖自己，正是在这个问题上他显示出中国知识分子最为缺乏的正义感和道德勇气。

各位朋友，我们应该认识到，在今天对廖冰兄先生表示赞扬的声音中，有些是言不由衷的、躲躲闪闪的，有些人仍然会害怕廖冰兄的作品在人民中发生巨大的影响。这是毫不奇怪的，而且这正是廖冰兄先生精神与艺术的现实价值仍然存在的最好证明。

今天，一个像廖冰兄那样怀有极大社会责任感的漫画家注定是感到痛苦无奈的。几年前廖冰兄曾对记者说，当今之现实比漫画更漫画，我的想象力、创造力都不及当代邪恶水平高。邪恶现实本身的夸张远远超过漫画家的夸张本领，能不收笔吗？当时他激动地对记者说：“中国漫画死了！”各位朋友，我们可以说，作为漫画家的冰兄也死于此时。

但是，冰兄的精神并没有死亡。几年来廖冰兄基金会和各界朋友所做各种社会公益活动以及对廖冰兄艺术的研究与传播工作都足以证明冰兄精神的存在与发扬。我很赞成廖冰兄基金会为本次活动拟定的主题：冰兄精神，永不缺席。这是一种很质朴的责任与承诺，是对廖冰兄先生最好的怀念。

最后，我希望表达的是我对创作廖冰兄纪念像的艺术家陈肇基先生的感谢和赞赏之情。

谢谢！

2008年8月2日

（本文为作者在廖冰兄纪念雕像安放仪式上的讲话，为未刊稿）

向吴冠中说真话

吴冠中先生今年去世，引发了媒体与艺术界的纪念热潮，各种展览会、座谈会接踵不断；收藏界更是一片热议，市场期待甚高。如何客观地评价吴冠中的艺术思想及创作成就，将是艺术评论界的重要话题。目前的评论中，既有不少真诚的、有见地的赞誉，同时也不乏充满水分的虚夸溢美之辞。如果是在别的画家身上，这种情况可能不值得去深究。但是对于吴冠中先生这位真正热爱艺术、在晚年反复提倡说真话的艺术家，我们向他表达真诚敬意的重要方式之一应该就是认真地思考他说过的话、认真而客观地评价他的艺术，而且必须向他说真话。对于一位本身很值得人们尊重的艺术家，最大的贬损就是无原则的吹捧。

关于讲真话，这是吴冠中先生在去世几年前产生重大社会影响的主要原因之一；他去世后许多媒体也是以“敢于说真话”作为标题。但是有几个问题要研究：一、他说的许多真话就内容本身来说并没有什么独创性或者深度，有些也往往经不起严格的逻辑推敲和事实辩驳，只是被媒体高度关注和放大而产生轰动效应。但是，因为名人效应而使那些难听的大白话（例如他说美协、画院就是一个衙门养了许多官僚；他们的活动是乱七八糟宣传自己，这样搞就跟妓院一样，出钱就给你办）在社会上得到传播，客观上的确起到警醒与批评的作用，这是应该充分肯定的。二、吴冠中讲真话中的批判性到底到了何种程度，应该认真研究。我曾撰文指出，关于中国美术界存在的问题，吴冠中说问题的根源“就是一个体制问题”，这似乎触及到了根本性问题，可惜的是在他的具体论述中却并没有深入地谈体制问题。归纳起来，他对体制的批评是说现在的体制对于画家创作出好作品是不利的，奖罚不分明、重赏不到位。这是一种什么性质的批评呢？当中国画院院长龙瑞以“国家重大历史题材”的重大创作任务为例来反驳他的时候，本来这就是反映出体制问题的核心——国家意识形态的利益诉求，然而在吴先生的批判中似乎从未触及这类问题；为什么要用纳税人的钱来奖励好作品，也没有解释；他说了“出作品就是国宝”，那么在目前的政治体制之下，可以被国家视为“国宝”的“好作品”究竟是什么样的也没有说明。讲这些问题绝非是对一位老先生的苛求，他自己也说，“我现在从我的人生经验和艺术经验出发，凭良心讲话，但还是有限，不能敞开了讲”，这是完全可以理解的实情。但是后人的研究则应该尽可能客观地还原其思想性的面貌。三、他在某一访谈中说了些真心话，文章也是经他过目后发表出来，但是引起一些批评，他对采访者的态度就改变了；有一位有名的美术史教授也说过一个例子：他在一次会议上讲了批评性意见，吴冠中先生听后就很不高兴。这些例子的真实可靠性当然可以继续研究，但起码值得思考。

吴冠中先生晚年的另一惊人之言是谈政治、谈鲁迅，他说：“现在我经常想，如果鲁迅还活着，在这个环境里，他会怎么样呢？——如果让我再活一次，我一定不学画，我要学政治，把国家民族治理好，这比画画更重要。”这种关于政治的言说很值得思考，可以启发我们从根本上思考吴冠中终其一生与政治的关系。

从历史上看，20世纪50年代初他受过对“形式主义”的批判、被调离中央美院、“文革”时的下放等等都是与政治相关的个人经历。但是在那个年代身受这些经历都说不上有多么残酷、痛苦，对政治的深刻思考似乎也没有在那种岁月中出现在他的内心。“文革”后，他很快声名大著。成为全国政协常委以后，在这个位置上他呼吁过要加大打击假画的力度。那么，他在晚年对政治的思考来自何种角度、有何实质性的维度？他所赞扬的“鲁迅的脊梁”是针对什么而言的呢？如上所述，他对体制的批判其实也并不政治。他批评画院、美协“现在掌权者都是办活动的人，很麻烦，他懂一点艺术，可总搞政治”。在这里，“搞政治”可能就是指搞关系、搞权力交换、迎合领导的意思，他对这种“政治”的反感的确是一以贯之的。由此而看，对于时下一些文章中似乎有种急于要把他打扮为追随鲁迅、忧国忧民的思想者的倾向，要认真辨析和警惕。

评价吴冠中最重要的当然还是他的艺术世界。毫无疑问，他是一个天生的、真正热爱艺术的人；他对艺术的敬业精神的确极为突出和感人。从他17岁那年仅仅因为看了一个展览就毅然退学、改考艺术学校，一直到晚年孜孜不倦地努力在艺术上突破自己、变化求新，的确如他自己所说，艺术一直是运行在他的血液中。他对艺术的热爱与执着是在一种充满紧张的关系中维系，这一点更加使他对艺术的追求具有历史性的意义。据一位为他写传记的作者说：“吴冠中说自己一辈子都在为了争取艺术的自由和理想而奋斗，但有三股势力视他为眼中钉：一派是中央美院徐悲鸿和他的学生为首的20世纪五六十年代写实主义绘画流派；一派是延安来的一部分‘左’的美术干部，建国以后大都在各大美术机构、院校以及文化要害部门掌握实权，他们将吴冠中提出并一贯强调的绘画的形式美、抽象美等观念视为洪水猛兽、大逆不道；另一派即是保守的传统势力，大致就是指传统国画家们。”为艺术表现的自由而努力抗争，这既是他热爱艺术的明证，同时也不能不说是时势的变化使其获得成功。对于他在70年代末因为三篇关于形式美、抽象美的文章而声名卓起，应该看到个人与时势双重因素的作用。

关于个人的艺术成就、在美术史上的地位，吴冠中先生虽然也说过要由历史来检验的话，但是总的来看是自我期许甚高：“站在美术史上，我认为我的开拓性在于使中国绘画，包括油画和水墨都走向了现代，走向了世界”；“我讲过‘身后是非谁管得’，就是因为我有绝对的自信，不需要去管。在将来的美术史上我一定是一个起到了极大的转折与作用的人”。他甚至说过，“林风眠是我所走的这条路的开拓者，但由于历史的原因，他只能是一个开始、一个起步，容量上不如我。潘天寿当然是很了不起的大家，但面也比较窄。黄宾虹我是不重视的，张大千就更反感。李可染变得也有限，石鲁画得也还不错”，恐怕这会令不少美术史研究者难以同意。是耶非耶，现在还远不是可以下结论的时候，因为这需要在详细占有全部资料、认真梳理各种言说、充分整理他的全部艺术作品的基础上进行深入研究和经历各种自由的论争才有可能得出接近客观的结论。目前许多文章动辄以“20世纪中国艺术的泰斗级大师”、“时代的最高境界和精神象征”等等作为盖棺论定之语，很不可取。

吴冠中先生去世后先后出现一些研究学会，这都是好事。但是必须警惕的是可能会出现那种假研究、实质上是吹捧作品与炒作门人的倾向。有些学者曾对吴冠中研究发表过客观的评议，其中不乏批评的意见，他们的声音是否会被这些研究机构接纳，也可以看作是真假研究的试金石。

2010年12月26日

（原载《南方都市报》2011年1月12日）

虐囚与酷刑：来自古拉格的图画

虐囚与酷刑是人类文明史上的耻辱。早在18世纪的启蒙运动中，酷刑就受到启蒙思想家的猛烈谴责。其实早在1754年，普鲁士就开始逐步废除酷刑制；在18世纪的下半叶，瑞典、奥地利、法国、英国也先后废除了司法酷刑制度。对酷刑的谴责和废除之声更重要的还是来自于以意大利青年贵族贝卡利亚为中心的思想精英，他们把反对酷刑与人权的观念联系了起来。但是，在历史上人类对自己的同胞施以酷刑最普遍、最惨烈的时代竟然还是在20世纪。从第一次世界大战中土耳其人在亚美尼亚村庄犯下的暴行到二战期间德国纳粹的集中营，从苏联的古拉格群岛到美国在越南的战争，从柬埔寨的S21到南美独裁政权的酷刑室，极端的酷刑行为总是以国家暴力的形式不断出现。

在世界艺术史上流传下来的以酷刑为题材的作品似乎不太被重视，以至美国著名的历史学家林·亨特说，“反映司法上实施惩罚的酷刑方面的美术作品几乎不可能找到”（《人权的发明：一部历史》，第50页，商务印书馆，2011年）。其实，在中世纪的图像中这样的场景也不太少见。他在书中采用了两幅16世纪的木刻画作为酷刑的插图，一幅描绘的是裂刑，另一是灌水之刑。画面上的场景应为在法庭上，所施行的酷刑是以法庭的审判为根据。在人物的动作和刑罚的细节上，描绘得并不是很清楚，可能与作者的观察程度或表现能力有关。

我相信在当代艺术史上，丹齐克·巴尔丹夫（Danzig Baldaev）的《来自古拉格的图画》（*Drawings from the Gulag*，2010年Murray & Sorrell FUEL出

版）是一部关于虐囚和酷刑的极为奇特的政治图画书，其政治性与艺术性都达到了使人震撼和惊悚的程度。在读过索尔仁尼琴的《古拉格群岛》之后再来观看这些图画，恐怕还得承认这些图像所具有的视觉冲击力和震撼力是文字描述所难以比拟的。在苏联的极权政治时代，维护意识形态威权的重要支柱就是惨无人道、极其恐怖的国家镇压机器，在遍布全国各地的劳改营里数十年如一日地上演着人间地狱的惨剧：荒谬绝伦的司法判决、极端残忍的刑讯、以极端的兽性折磨与羞辱人性的囚犯管理制度等等。这本总共只有200多页、130幅图画的小书再现了人类历史上最悲惨的一页——其实，我们可以相信，它还不是最悲惨的。

从形式上看，这本有点像连环画的图画书并没有一个完整的故事，画面之间并没有连续的故事情节。它的形式结构有点像索尔仁尼琴的《古拉格群岛》，全书分为古拉格的诞生、逮捕和审讯及监禁、押赴劳改营之旅、古拉格系统、生活、死亡、艰苦的劳动、再教育、儿童、饥饿、罪犯们的权力、镇压和惩罚、逃犯和否认、国家成为古拉格、大屠杀等章节。但是从绘画艺术的体裁来看，它又带有连环画的画面特征，如每一部分内容有一定的相关性、每幅画面的构图与人物塑造的场景性等。必须承认作者的构图能力和造型能力都很强，在以写实为主的钢笔素描风格中潜藏有一种强烈的悲剧戏谑感和不无夸张的黑色幽默氛围，使绘画图像的艺术震撼力在理性严谨线条的编织排列中爆发出来。

在这些图画中，最令人深感痛苦和惊悚的是占据了大部分篇幅的酷刑、屠杀、虐待、奸污等情节的画面，在这里图像所造成的残酷力量远比文字要强烈得多。在索尔仁尼琴的书中曾列举了31种刑讯方法，各种残酷的、对身体的摧残无所不用其极，对此他说：“毫无人性的人们有什么东西发明不出来呢？”他认为不应责备那些在酷刑的折磨下违心地认罪甚至出卖朋友的可怜的人。而在这本图画书中，这些酷刑的画面使这种残酷性表现得更加锋利，更加触目惊心。

图1是第一部分“逮捕与审讯”中对女政治犯进行羞辱与施加酷刑的情景，接着就是追问还有谁偷听美国之音、BBC等西方电台。图2是进入古拉格监狱系统的一幅图画。图3—图5是监狱当局纵容一般的刑事罪犯惩罚政治

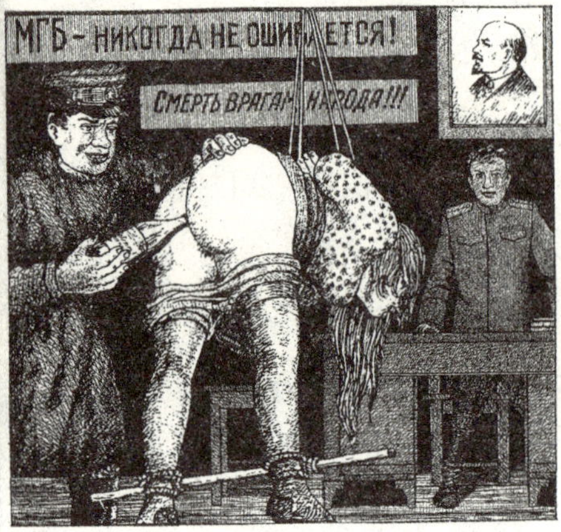

图1

图2

图3

图4

图5

图6

图7

图8

图9

图10

犯。图6、图7是狱卒在惩罚政治犯。图8描绘全苏联变成了古拉格。图9、图10是大屠杀。这些画面令人触目惊心，经受过酷刑的幸存者出来后大多会失语。

在这些画面上，我们看到画家对于各种场景、动作、道具以及各种细节都非常熟悉，描绘得极为真实。可以断言，如果没有对这种生活的体验和长期的观察，不可能创作出这样的画面。

作者丹齐克·巴尔丹夫于1925出生在俄罗斯乌兰乌德，是所谓的“人民公敌”的儿子，因而被送去专为政治犯的孩子们而设的孤儿院。在第二次世界大战中他被送去服兵役，1948年被派到列宁格勒的一个监狱当看守。由于从父辈那里继承了对文身图案的兴趣和研究，他开始在监狱中画罪犯身上的文身图案。没想到这件事被上报到克格勃部门，并获得了料想不到的支持，因为上面认为解读罪犯文身的意义有助于对他们的监控。因此他有机会前往各地的劳改营，目睹了各种各样的劳改营生活情景，了解到犯人们所受到的非人折磨的所有细节。

这本《来自古拉格的图画》就是他根据亲眼目睹和了解的第一手资料而创作出来的，因而具有惊人的真实性。这本似乎并不太起眼的图画书是对20世纪极权制度下的虐囚和酷刑最有力的揭露和谴责，在艺术史上具有独特的意义。

2011年10月24日

（原载《东方早报》2011年11月21日）

艺术名利场中的权力、资本与制度性腐败

从某种角度来分析，艺术的官本位引发的权力崇拜症、权力与艺术及资本相勾结的制度性腐败，是当代中国美术现状中最突出的毒瘤，其现象之普遍性已经到了无处不在的地步，而其危害不仅仅是对艺术的精神、价值以及事业的彻底颠覆，而且更是对公共社会资源的无耻掠夺。这种来自艺术领域中的赤裸裸的权力与资本拜物教，已经彻底地撕裂了那一层冠冕堂皇的“艺术事业”的面纱，所暴露的正是导致社会总溃败的权力毒瘤上的一朵霉烂的“恶之花”。

以在北京的国家级美术馆、博物馆举办个人展览的语境为例，有助于分析目前美术界可能存在的权力与艺术的腐败问题。通常来说，展览的规格之高、开幕式盛况之空前，在有些人眼里看来就是艺术水平和艺术家地位的标志，事实上也是不少艺术家市场身价提升的关键。先不评论这种认识和事实，首先应该追问的是，在规格与盛况背后的真相。

规格，首先指的是主办单位的级别，以及高级别的主办单位的数量。盛况，固然要包括人气，但最重要的是“谁来了？”，由主办单位的规格和“谁来了”，就可以决定媒体宣传的规格、程度。那么，画家追求高规格和“谁来了”，就是很自然的。问题是，在达到了画家目的的公开宣传的高规格和盛况的背后，究竟有没有什么不便公开的事情、过程甚至交易？这才是策展中的“策展”，也才是进京中的“进京”，到底应该怎么看？

我认为，假如展览的策划、实施过程完全不涉及到公权力资源和公共财

政，纯粹是以私人资源处理个人事务——比如，如果主办单位、赞助者都是私人机构，不管“谁来了”都不具有公权力的身份——那么公众是根本无权追问的。但是，假如公权力资源与公共财政都有所投入到一个私人展事之中，特别是如果当事人兼有文化官员与画家的双重身份，公众的追问与质疑就是非常合理的，因为这有可能涉及到以公权获私利、公器私用的问题。道理很简单：以公共财政投入文化事业，每一位纳税人对所有具体项目都拥有知情权和监督权；以公权力对私人事务产生影响，每一位公民都有权了解其真相。

政府不是不可以运用公权力资源和公共财政支持艺术家（甚至退一步讲，可以包括身兼官员与艺术家身份的“双肩挑”）的个人事务，问题是从运作上必须公开透明，从程序上必须经过申报、评议和预算审议等合法程序，从性质上必须做到平等与合理。总之，必须把整个过程彻底纳入到民主宪政的制度框架下进行。

具体来说，涉及公权力资源与公共财政投入的问题有几个方面：

第一，彻底公开以公共财政资助个人展事的全部真相。各级宣传部门、美协、画院等等公权力或实质上的公权力单位以公共财政资助任何个人的展事，必须向社会公布其资助的合法性依据、审批程序以及具体数额和明细账目。在这个问题上应该把目光放大到近年来我国公民社会建设中出现的公民觉醒和以财政预算及审议公开为特征的公共财政体制改革的领域中，只要涉及公共财政，公开透明已经成为最普遍的呼声。但是，在“艺术事业”领域中，似乎仍是一片沉寂，这既不正常，更值得深思。

第二，除了可能存在的公共财政直接专项拨款以外，是否还存在其他间接的、比较隐秘和复杂的公共财政支出？比如，当事人如果是某级美协或画院或美院的领导，其所在单位赴京参加展览工作或开幕式人员的费用是自费的还是由该展览专项拨款中支出？或者是由该单位的常规办公费用中支出？又比如，当事人如果是某级美协或画院或美院的领导，当地的其他体制内美术单位赴京参加开幕式人员的费用是分别由这些单位的公费支出吗？这个问题完全有可能涉及到以单位关系为网络、以权力交易为特征的单位领导人互相公器私用的嫌疑，因此应该由有关单位向社会作出公开说明。当然，假定存在分别由这些单位以公费报销差旅费的事实，这些单位的领导人也可以找出冠冕堂皇的理由，如观摩学习等等。但是最起码应该把这个事实公布出来，让其单位的员工都知道，同时也应该公布其合法性依据、审批程序以及明细账目。

第三，以公款邀请的嘉宾名单也应该向社会公布，因为从理论上说这是必须公布的明细项目之下的具体说明。而从实际情境上说，一份嘉宾名单有可能就是画家精心编织的权力与资本资源的关系网络，从艺术家、艺术评论家到文化官员和资本投资人等等。以常例，这些嘉宾中有些人的名字、身份和言论是会公布的，如参加研讨会的艺评家等，但是有某些人的名单、身份等情况却是画家所不愿意公布的，如官员、画廊老板或煤老板等等。但是，不管愿意还是不愿意，由于是以纳税人的钱来邀请，公开透明是必须的。

第四，主办单位中的美术馆、博物馆等负责展出、收藏的公立艺术机构，也必须把与展览相关的所有经济事项（包括全部展览费用、作品收藏等等）向社会公布。否则的话，这也是一个以权力资源和公共财政与艺术家进行灰色交易的可能空间。一般来说，级别越高的文化官员兼艺术家（或者是艺术家声望越高）在与展览机构的展事契约中越能获得最优惠的条件。从理论上和实际上当然也存在着公立的展览机构通过作品收藏、艺术宣传而获益，从而保障了纳税人根本利益的可能性，但是在实际上却不能排除展览机构以公共资源支持展事但其公共收益却是不成比例的可能性。在这种情况下，就不能排除美术展览机构官员获取私利的可能：与文化官员兼艺术家的当事人的权力利益交换，特别是如果展览机构的领导人也是官员与艺术家双重身份；或是私下获得艺术名家的作品馈赠，当然这种馈赠的合法性名义是很容易编造的。总之，在公立的美术馆、博物馆与艺术家之间，所有契约应该公开。

第五，作为“谁来了”这个议题中涉及公共财政的问题是，无论是各级宣传部门、美协、画院等等公权力或实质上的公权力单位还是艺术家个人，都有可能把这个“谁”的级别看作是公共支出的合法性理由，这可能成为了一种官场政治的潜规则，而实际上这是违背公共财政的基本原则的。在有些地方的宣传、文化部门，对艺术家个人展事的公共投入可能就会以“谁”会

邝飚《大树好乘凉》，漫画。

来作为决策的标准。某画家可能会对其所在单位的文化官员说他可以请来某某领导，要求财政资助，而单位领导不仅仅会感到一旦实现会“与有荣焉”，更重要的是可以在政绩上、官场关系网络上获得利益，即便是一张陪同观看展览的照片也是有价值的。因此，这种资助决策很有可能获得通过。而从更直观的角度来看，仅仅是因为在展览中“谁来了”，原来与此事无关的地方官员也会层层出现、“陪同观看”，而这无疑更是公共支出中必须追问的。当然，官方要回答这个地方官员陪同的合法性问题也太容易了，但是起码要回答啊。

应该再次重申，我绝不是说不应该以公共财政支持艺术家个人的展览活动，我也深知各级宣传部门、各种体制内的美术单位都会有冠冕堂皇的理由而且也有所谓的制度安排为这些资助辩护，我更知道一些艺术家对某些人的不满可能只是因为要分一杯羹而不得。我只是想说明，只要我们还在理论上承认对所有公共财政支出情况的知情权和监督权是所有公民不可被剥夺的权利，我们就应该坚持这种以公共财政资助个人画展的决策一是要公开透明，二是要符合程序正义和实质正义，只有这样才能实现纳税人的知情权和监督权，切实保障纳税人的文化利益。

而对于身兼官员与艺术家身份的当事人来说，则毫无疑问应该更自觉地接受公众监督，杜绝一切可能出现的以权力谋私利和公器私用的嫌疑。在一个民主宪政制度健全、运作正常的社会中，人们无法想象一个兼有政府官员身份的艺术家在办个人展览的时候会不极力避免公权私用的嫌疑，也无法想象各级官员和权力部门会不极力避免在合法性和程序正义都不公开的情况下以公共财政资助艺术家个人展事的嫌疑。

当然，根据国情和生活经验，人们会怀疑这种追问的有效性，甚至我提出的这些问题本身也可能会因为我对很多实际情况的不了解而显得并不合适。但是，我认为这种维度的思考和追问是所有公民、所有纳税人都拥有的权利，公权力无论如何不能回避这些问题。

我也认为本文所发出的追问也仅仅是一种理性上的思考与表述，在现实生活中很可能是苍白无力的。真正重要的是在社会生活的公共实践中进行追问，比如说，人们可以根据公开的程序向有关部门提出公开某某事项的申请等等。但是，在现实中也并不缺乏这些追问，如公开官员收入、财产等等的个人申请，但也同样会遭遇公权力的冷漠与傲慢。这起码说明了在公民觉醒和社会公民行动之间，仍然需要有更多的公共言说呼唤权利表达、提出权利诉求。因此，我认为理性上、公共言论上的思考和追问与公共实践中的具体事项公开申请、就某具体问题联名发表意见等现实追问是相互推动的。

2012年5月9日

（原载《东方早报》2012年5月14日）

第五辑
直击广州：为公民现象而鼓掌

来一次大张旗鼓的访贫问苦

5月5日的《南方都市报》报道了一件令人心酸的事情：生活在广州市区的一位盲人17年来天天靠吃番薯度日，伴随她的是满屋的蟑螂和老鼠。17年了！这17年来生活发生何等巨大的变化，17年来广州人是如何的食不厌精、酒家是如何的生意兴隆？在宴席上番薯饼会很受欢迎，但一个人在黑暗中吃了17年番薯那又是一种什么样的滋味？如果这位可怜人不是被青年志愿者发现，她的苦海何处才是边岸？

同样性质的一件事（见于前段时间的《南方都市报》）是：广州市（又是广州市！）黄埔区的一位下岗工人因为无钱交电费，5年来家里没有亮过灯。直到在什么教育运动的“结对子”活动中被发现和被救助，才重新通了电。如果没有这种即兴式的活动，光明何时才会回到这位工人的小屋？5年来，不管 “亮灯工程”是如何地装扮了广州夜色中的辉煌，不幸全被这5年来一间小屋的黑暗所遮盖了。

不用说，已经披露出来的这类贫事、苦事只是九牛一毛，被披露就是被拯救了的。我们要问的是，地方政府各有关部门的职责到哪里去了？那些整天把“关心人民群众的疾苦”挂在嘴边的人民的公仆难道是生活在天上，对眼皮底下的这些明明白白的黑暗与贫苦都毫不知情吗？

分析这类贫苦事情，一般都有几个特征，也暴露出相关的问题。

一是延续时间较长，并非什么霎时的祸福。这么长时间的受贫受苦而得不到任何来自社会管理者的关怀和帮助，这是社会管理者的失职。二是贫苦者的身份群体特征鲜明，都是典型的弱势群体：下岗工人、孤苦伶仃的残疾人、收入低微的外来工等等。这么大的社会群体的受贫受苦而得不到制度安排上完全彻底的救助保障，这是社会管理体制的耻辱。三是不管这些贫苦人如何由于个人的、家庭的因素导致沦入困境，其贫苦的事实都是跌破了目前这个社会发展水平所能认可的底线。超出常态而被管理者视作常态，这是令人心寒的冷漠。四是这类贫苦事情的解决都不是什么力所不能及的问题，对于一个动辄以几十亿、几百亿元打造某项城市工程的较发达地区政府来说，甚至可以说是举手之劳。可以做而没有做，这是怎么也说不过去的。

有人说，从对待知识分子的态度中可以检验管理者的文明程度，而从对待弱势群体的态度中则可以检验管理者的良知。我们不愿意说管理者的良知都出了问题，但无可否认的是，对群众的疾苦熟视无睹、充耳不闻的管理者绝非个别，否则我们如何解释这么多的贫苦事在光天化日之下年复一年地延续？我们更可以从这类事情被传媒曝光之后社会管理者的反应和态度来测量他们的良知：我从来没有见过有一位市长、区长、街道主任、居委主任对这类被曝光的贫苦事在传媒上有任何的反应，似乎这类报道的作用就是表彰那些做了好事的志愿者、那些轰轰烈烈地开展的活动。没有人表现出自责与羞愧，因为这类贫苦事在许多的管理者看来已是社会的常态；没有人表现出紧张和不安，因为不是塌楼死人、不是游行上街，与“守土有责”无关，更与政绩无关。这么看来，测量的结果是什么就不用说了。

社会要和谐发展，就要从社会的公正与关怀入手，不致令贫苦成为滋生怨恨的土壤。社会应该来一次大张旗鼓的访贫问苦。所谓大张旗鼓的意思不是搞运动、不是作秀，而是：一、大张旗鼓地把救助贫苦作为管理制度安排的首要内容，把救助贫苦作为考察管理者政绩的重要指标；二、像对待人口普查、计划生育那样大张旗鼓地对待访贫问苦，不使一个有需要救助的人被漏掉；三、政府应该大张旗鼓地向纳税人说明已经尽了最大的力量救助有需要的穷苦人，以证明其管理者的合法性和良知。

有一句口号说：行动改变生存。我们的确需要大张旗鼓地行动起来，以改变那些可怜无告者的生存状况。

2005年5月5日

（原载《南方都市报》2005年5月6日）

广州人，你们可要警惕啊！

据昨天报道，西关恩宁路的大部分老骑楼将面临彻底拆除的厄运。说真的，对此类本来令人痛心疾首的新闻我早已麻木。以神州之大、历史之悠久，几十年对古建、文物之破坏已可说是无法统计了；在近20年来以城市改造之名而行的老城大拆除更是席卷天下城镇，所谓“旧貌换新颜”是也。

日本木原启吉教授研究二战后日本的城市建设，他发现在20世纪50年代以后，日本经济高速增长对历史环境带来的破坏远远超出二战中遭受轰炸造成的破坏。多年以前，某国驻广州总领事就曾针对广州旧城改造说过：“在旧城改造中，一些带有鲜明岭南城市特色的骑楼消失了，一些使人想起历史的旧建筑也被拆掉了，我感到可惜。”那时候还以为会到此为止了，既痛惜历史同时也理性地看待发展大局的人们每一次都以为会到此为止了，谁知道“拆”字未有穷期，老谱仍在袭用——不断强调保护历史文化，另一边不断地拆。

1964年联合国通过的《威尼斯宪章》指出，历史文物建筑的概念不仅是指一座建筑，而是还包括一片建筑、一片环境。而我们要拆的，也正好不是一座建筑，而是一片建筑、一片有历史氛围的街区！

还有什么好伤心、还有什么好议论的呢？难道关于老城的价值、关于历史文化的无比珍贵价值的讨论、提案、呼吁还嫌少吗？再说我们“有关方面的领导”吧，难道他们一次次地信誓旦旦要保护好文物建筑、要重视人文传统等等表演还少见吗？因此，当我读着恩宁路要拆骑楼的报道时，我甚至想说，拆吧，拆吧，一把火烧掉更好！

真正令我感到气愤的是报道中所说，6月份传媒采访时有关负责人还表示："即使要开新的市政路，顶多只是拆掉开路路口处的骑楼，百年骑楼街大部分还将继续保留。"而不到一个月，大规模的拆除工作就已经悄然而动，图纸上赫然表明原来那位负责人所讲的全是谎言。我认为，这是比拆骑楼更为值得全民关注的事件。

老建筑拆还是不拆，这是可以讨论的；政府一旦有了决议，向公众公布了做法，就应该遵守决议；如果要推翻原决议，则必须重新经过讨论、向公众解释，然后才能按新方案实施——这些不是最最简单的管治社会公共事务的道理吗？但是，在恩宁路事件中，我们看到的是有关方面当面说好话，背后搞阴谋，完完全全表现出没有诚信、没有廉耻、没有政治文明的最基本道德的嘴脸，对于这样的管理机构，其上级主管部门难道不应进行督查吗？

从报道中我还看到，除了记者以外没有什么人对"有关部门"出尔反尔的做法感到震惊。老百姓忙着搬迁，有历史感的"大猫"们忙着按下快门，人们是多么的善良啊！我想说的是，先别忙着拍照吧，广州人！对于那些越来越多的、即将不断圈点着老房子的拆迁图，广州人，你们可要警惕啊！

2007年7月9日

（原载《新快报》2007年7月10日，题为《拆除骑楼，有关部门为何敢出尔反尔》）

广州发展“规划”是怎样炼成的？

广州市近日发布的《2010—2020广州城市总体发展战略规划》引起了官员、专家和公众的极大关注，这是必然的。但是，就如所有的发展规划一样，人们很容易在畅想未来的同时失去了对历史的经验和教训的冷静回顾和客观评价，很容易陶醉在一些宏大的然而却不无主观色彩的发展概念上。更重要的是，按照我们长期以来形成的思维和语言模式，“规划”一定是“战略”的，“战略”一定是“发展”的，“发展”就一定是绝对的最高律令，很少听到有多元的、不同的、反对的声音。应该说，事关城市每一位居民的“发展规划”就这样决定下来，这样的一种路径与过程、思维模式与语言传播本身未必就是没有问题的。

当然，由于城市发展规划问题与一般民生问题相比较，具有太高的专业性和太宏观的视域，草根市民的确不容易发表全面的或系统的意见。但是，这并不等于说不可能找到让他们发言的合适语境，更不等于说可以剥夺他们发言的权利和机会。一般来说，无论城市发展的理想如何高远、如何美妙，最终承受这种发展结果，尤其是任何发展都可能带来的弊病的，总是城市中的普通市民。他们对于“发展”的希望是什么，他们对于未来十年与自己生活相关的最希望改善的问题是什么，他们所担心的是什么，甚至，他们是希望更快地“发展”还是逐步地发展等等这些问题，都不是别人——无论是官员还是专家——所能代替思考和代替言说的。

长期以来我们的公共管理者习惯于把公共舆论的合法性局限在对现实具

体问题的论域中，而在一些根本性的、具有较宏大视域的问题上则仍然会自觉或不自觉地保持着长官意志的色彩；在这些重大的公共选择问题上，固守着体制机构的规划垄断和话语霸权。以这次《规划》的出台为例，据报道说“历经四年，由数家权威机构提交方案，形成14项现状调查、45项专题研究，广州重新梳理了自身的战略规划体系”。然而，作为纳税人并不知道这些“权威机构”的性质、背景和利益立场是什么，也不知道这些调查、研究的客观性、科学性、民主性程度怎么样，凭什么就可以相信这些“重新梳理”的结果呢？更糟糕的是，由于长期以来公众舆论在这些重大问题上被迫缺席，许多公众对这些“战略规划”的现实意义持的是冷漠或者怀疑的态度。

从年度性发展规划的科学要求来看，对于前一阶段发展规划的客观检讨和公布真实的执行结果以及因规划的错误而导致的损失等等，这是进行新一轮规划的前提和基础。而从历史上看，我们往往是在根本没有对过去的规划作出负责任的清理、交代之前就热衷于提出新的发展规划、理想口号，形成了总是有规划而无验收、总是高瞻未来却避而不谈过去与现实的怪圈。

比如，据说2000年制定的广州的战略规划提出了“南拓、北优、东进、西联”的空间发展战略，那么十年快过去，究竟“拓”到哪里、“优”得怎样，当时的定位是对是错、对环境的保护是好是坏、人民的生活水平有了哪些实质性的提高等等，这些问题都是应该在新的规划制定前予以深入检讨、广泛讨论和开诚布公地向纳税人作出交代的。这是任何发展规划的制定者们向社会表示出自己的负责任态度不可以省略的程序，也是社会公共管理的基本要求。另外，只有这样才能使社会公众普遍认识到“发展规划”的真实性和利益相关性，从而对如何制定新规划产生广泛参与的热情。

我们完全无意于对充满理想和豪情的发展规划泼冷水，尤其是在面对金融危机，特别需要互相鼓劲、共同努力的时刻。但是我们也深知，任何理想目标的实现都离不开总结历史的经验教训、正视现实的真实状况、与社会公众的真诚协商与自由交流。如果今天大家都不去共同关注和热切研讨“发展规划”是怎样炼成的，那么就有可能在十年后再作痛苦的反思——套用民间的一句段子：钢铁是怎样炼成渣的。

2009年9月29日于台北

（原载《新快报》2009年9月30日，题为《规划城市未来，首要检讨过去》）

同德围之困：文明广州的耻辱

近日因为上埗桥事故而使同德围交通之困重新成为公众和舆论关注的热点。有当地居民说这条桥断得好，否则这里真的变成被遗忘的角落；还有居民干脆把“同德围”改称为“痛得威”——这些话听来实在令人感到心酸，同时也感到愤怒！从媒体报道的实情来看，同德围之困已经到了令人无法容忍的地步，稍有一点良知的广州人都应该为这座城市所蒙受的耻辱感到羞愧：十几年来几十万人的交通、环境、治安、医疗、教育之困是旁人无法想象的；十几年来的奔走呼吁之无奈、无效是旁人无法想象的；十几年来没有尊严、没有希望、没有阳光的日常生活之痛是旁人无法想象的！广州所有的繁华、所有的成就、所有的骄傲很不幸地被这几十万人在风中雨中的痛苦怨艾所诅咒——请想一想，这是一种什么样的情景；请每个广州人都扪心自问：这难道还不是文明广州的耻辱、我们每一个广州人的耻辱吗？我们实在应该对同德围人说对不起，我们还应该说，今天我们都是同德围人！

同德围的事情为什么会变成这样？同德围之困究竟如何解救？总有官员们和专家们会说得头头是道，如历史欠账、发展中的现实等等，也会说“全力以赴”、“限期完工”等等的漂亮话。其实，人民群众心里真的是雪亮、雪亮：在这里住的都是中低收入阶层，有人说“我们这里没有一个科长”。是啊，人们终于对地理政治学无师自通了；人们终于明白：如果没有了“同甘共苦”、没有了“吃苦在前、享受在后” 的光荣传统，如果没有一个科长住在这里，他们会悲愁到何等地步！很显然，事情到了这个地步，恐怕很多老百姓都会想：说什么都是假的，说什么都是难以取信于民的，除非你们市长、局长、处长来这里住一住，哪怕是一天也好。

本来，在现代政治文明中，城市的规划与建设、官与民的正常沟通、各阶层的利益博弈等等，根本就不需要再搞什么“同吃同住同劳动”那一套老调调，所谓的“同甘共苦”也不是真的要搞什么平均主义。在现代民主宪政社会中，选民的利益和诉求就是对人大、对政府的最大的监督、最有效的压力，根本就不应该有几十万人十几年的利益诉求被置若罔闻、被敷衍了事的事情发生，也不可能发生。在现代民主宪政社会中，像这样对待某个阶层极不公平、极不正义的图景是全社会的耻辱、人类文明的耻辱。因此，面对同德围之困人们很自然就会反思我们的制度设计到底出了什么问题，很自然会反思为什么竟然在十几年来没有一种制度保障可以真正解开同德围之困。有一位市民说：“我想站出来呐喊。无奈，我不是人大代表，我只能问：同德围，哪个代表能为你鼓与呼？”这既是选民的悲哀，也是选民的觉醒。然而，这种发问本来就是有问题的：选民不必寻找、不必呼吁代表为你们说话，只要举起你们的选票就行了，只要你们真正选出能够代表你们自己的人就行了。目前，这位市民的呼吁固然是只能这样，但是难道广州市的人大代表还感觉不到你们脸上的耻辱吗？我们的选举与被选举的制度设计，难道还不令人感到有彻底反思的必要、难道还不能够促使选举人和被选举人鼓起你们的道德勇气吗？

再翻看多年来媒体所报道的居民献计、热切讨论的情况，所谓的专家都承认饱受困苦的同德围人个个都成了专家，真正的专家，难道我们的领导还感觉不到这是对他们最大的批评和最辛辣的讽刺吗？人们现在应该追问的是，无数次的呼吁、无数次的献计究竟化作了什么？在没有契约、没有法治、没有问责罢免的语境中，同德围人呼吁和献计的热情和努力以及永远的无奈和忍受，恐怕连上帝都不忍心看下去了，上埗桥之断恐怕就是上帝在暗中对同德围人施以援手——广州人，尽快在世人面前洗去你们脸上的耻辱吧！

2010年1月20日广州

（原载《新快报》2010年1月21日，题为《该对同德围人说声对不起》）

弘扬地方文化的方言平台不应萎缩

中国文化在漫长的地方历史发展过程中形成了多种方言体系，成为各具特色的地方文化传统的语言载体。但是在20世纪以来的现代化转型中，由于社会交往规模的急剧扩大和文化统一趋势潮流的不可阻挡，众多方言系统在公共传播中的作用必然面临着逐步萎缩的命运。然而，大一统的文化潮流发展到了一定的历史阶段，对于差异性文化传统的珍视又必然成为公共传播文化中的重要价值诉求。换句话说，普通话与地方方言之间在公共传播中的比重是随着不同历史阶段而变化的，根本不应该存在一种直线的、单向度的大一统语言发展政策。

近日媒体报道广州市政协提出了一个关于在广州电视台的粤语频道中减少粤语播出时段、增加普通话播出时段的提案，令人感到颇有点愕然。这事虽然无关衣食住行之类的具体民生，但却是关乎民生中的信息交流、情感交流，兹事体大，实未可轻视。地方电视台和电台保留以方言播出的频道或节目时段，这既是现实生活所必需的，同时更是由文化传统的地方性价值观念所决定的。人在生活中可以通过学习和适应改变其使用的生活语言，公共管理事务也可以在行政运作中规定工作所用的语言系统，但是作为一种地方文化的载体，地方方言的价值却是不可以移易的。对于地方方言来说，它只能存在于活生生的生活之中，只能存在于与时俱进的社会历史实践之中，而不能被冷藏于语言的历史博物馆。

就以粤语来说，大半个世纪的文化激进主义已经使其原来无比茂盛纷披的语言枝干日见萎缩，过去我们从小熟习的语汇、表述方式许多已经成为语言化石；过去曾经是作为省城的广州的粤语领导着潮流，曾几何时，我们变得要从香港同胞的嘴里“接受再教育”，重新捡回那些已经消失的语言。又比如，多年来广东的粤语频道在广州已经难以找到在粤语的读音、表述运用方面的优秀播音员或主持人。而粤语的命运又与岭南文化的命运息息相关，岭南的戏曲、音乐文化就不用说了，岭南的饮食文化、历史老城区文化、岭南文化与海外华人文化的联系等等方面，无一不是以粤语为交流、传播的基本载体。现在，在广东地区的所有电视台、电台中，普通话的频道、节目数量和时段都不少，而粤语的频道和节目则并非是太多了。在广州城市景观日新月异、文化旧貌急剧变为商业新颜的今天，粤语几乎成为了地方文化的最后立身之处。在这种情况下，有什么必要去压缩广州电视台的粤语频道呢？尤其是广州人的政协，竟欲令粤语在公共传播中萎缩，真是于理何在、于心何忍呢？正所谓本是同根生，相煎何太急，广州市政协欲在粤语史上如何留名？或有人辩曰，这是经过问卷调查、民意征集的，不是什么长官意志。其实，谁不知道调查者的主观诉求、人群指向、运作方式等等会直接影响调查的结果呢？

回顾历史，展望未来，我们无比真切地意识到：过去曾经是处于不断萎缩之中的地方方言，在今天的历史语境中有可能是需要重新扶持、重新作为地方文化的语言载体而受到保护和激励其发展；过去曾经把地方语言看作是推行大一统文化之障碍的文化激进主义价值观，在今天的文化语境中应该被多元文化共同依存与共同发展的文化自由价值观所纠正；过去曾经以公权力为主导的地方文化政策，在今天的争取早日实现民主宪政的政治语境中应该被以公民意愿为中心的文化政策所纠正。

总之，在继续朝向21世纪多元文化纵深发展的今天，作为地方文化价值载体的地方语言绝不应在公共传播的平台上萎缩。

2010年6月7日

（原载《新快报》2010年6月9日）

万市长，你在哪里？

广州近来连续发生的沙井夺命、坑人事件以及拆违执法遭遇诸多阻碍，还有河涌治理工程的虎头蛇尾，都使媒介和民意深感愤怒和无奈，而在各种热议冷嘲中，有一种声音已经是呼之欲出：“万市长，你在哪里？”又或者说，在广州市无数的沙井盖和违建别墅的上空，有一个幽灵，一个急切地寻找万市长的幽灵在徘徊。

有哪一篇热切地呼唤完善公共市政管理机制的文章不会提到市政府领导的决定性作用呢？又有哪一篇清醒地回顾领导人在各种事件、工程中的承诺的评论不会提到万市长当初的果敢与坚决呢？

从这些事实中可以得出两个结论：

万市长已经被看作是整顿吏治、为民生解困的象征性力量；

现在是所有痛心于广州城市管理乱象并导致吞噬无辜生命的公民公开呼唤以民主宪政之光解决公共管理事务困局、公开讨论万市长作为象征符号的利弊并且热切地建言献策的时候了。

广州市民都不会忘记，当发生了无盖沙井吞噬无辜少女的时候，万市长愤怒地表示今后一定要严究相关责任人；当二沙岛拆违遇到阻碍的时候，万市长无畏地喊出“我不相信”的心声，舆情民意为之鼓掌叫好。但是，在以后的日子，沙井的悲剧还是接二连三地出现，拆违执法的气势也很快就消散了。而在这些乱象出现之后，一个共同的局面就是这一边媒体民意在痛心、在愤怒、在呼唤启动问责机制，而另一边则是有关管理部门一如既往的冷漠与推卸责任。“万市长，你在哪里？”的呼声就是在这种情境中出现的。其实，这种呼声所表达的并非真的把希望寄托在某位领导一己之力上，而是表达出两种心声：一是管理者应该言而有信，既有承诺就必有担当；二是对管理部门的普遍性推诿责任、管理不善却无人被问责的公共政治溃败局面表示出极大的愤怒和无奈。

一个现代化的繁华大都市竟然长期以来一而再、再而三地不断出现因管理者失职而被夺去生命的悲剧，这已经可以说是没有天理了；而在发生了这种极端残酷的事件后，这个城市的管理者竟然没有任何内疚、没有任何一点承担责任的表现，这就更是说明许多官员早已丧失了天良。

至今人们所目睹的公共管理者的历史都是想方设法逃避问责的历史。是啊，我们不是有《广州市党政领导干部问责暂行办法》吗？但是，如何才能启动这个程序呢？甚至，如何才能知道启动这个程序的程序又是什么呢？在公权力这个巨大的“利维坦”面前，选举、监督、罢免等等民主宪政的原则根本就荡然无存，问责的机制根本就无处安身。最为吊诡的是，这种无从问责的行政状况本身就是必须对之进行问责的，这种极端无视公众知情权和问责权的现实本身就是必须问责的。然而，“问苍茫大地”，何处才有可以问责的坚实土壤？

万市长，不管你在哪里，不管你是否听到那些飞翔在沙井盖上的幽灵的呼声，广州的市民热望的是不必再呼唤象征性的个人威权，而只需在民主宪政的阳光下，让公平、正义的伦理原则成为公共管理的根本前提，让官员的推选、监督、问责就像日出日落那样自然、那样不可阻挡；他们热切盼望的是真正推进温家宝总理誓言坚持的政治体制改革——虽然兹事体大，但它确确实实是与无数的沙井盖、与无数那些无辜失去的生命有着内在的联系。

广州市的公民们已经不屑于隐瞒自己的愤怒了，他们已经深知问题的关键在哪里。当他们表面上在寻找万市长的时候，他们知道自己真正需要寻找的是撬动问责机制的法宝——这个法宝就在神圣而庄严的《中华人民共和国宪法》里。

在这过程中，他们失去的是幻想，获得的将是真实的社会进步。

2010年9月13日

（原载《新快报》2010年9月14日）

千呼万唤不回应，莫非真的有腐败？

近年来广州市政建设的一系列重大项目取得了有目共睹的成果，不断地改变着城市的面貌，成绩是毋庸置疑的。当然，在成绩的背后仍然存在着不足和问题，这是谁也无法否认的。但是，更重要而且同样无法否认的是，所存在问题的性质并非是具体项目的技术性问题，而是事关正义与公平的原则、我们的共和国由人民当家作主的神圣原则能否得到尊重与落实，这就不能不认真对待了、不能不使公众坚持追问了。

这种性质的问题从垃圾焚烧、旧城改造、治水工程、BRT工程、海心沙项目、APM项目等一系列重大工程中一以贯之地存在，概括起来有三个方面：一、人民群众对作出重大决策过程的知情权、审议权与监督权；二、纳税人对公共财政支出的知情权与监督权；三、政府对民意、公共舆论监督的立场与态度。这些问题远比工程项目本身的水平高低、效果好坏要重要得多，也恰恰都是有关部门至今基本上没有回应、不作解释的问题。

几年来，有些重大工程的出台存在着各种争议，有些项目的审批程序受到广泛的质疑，许多项目的账本一直没有公开。在这些问题之上，更有一个共通的大问题：不管公众和媒体如何提出质疑、如何不断地追问，权力部门就是坚定地打死不回应，媒体以广州人的习惯语概括为“睬你都傻”。不信的话，你可以翻翻这两年的报纸，比如舆论对广日集团获得垃圾处理特许经营权是否符合程序正义（按规定必须公开投标）的质疑、对BRT造价与账本的质疑、对治水工程的规划及标与本问题还有账本问题的质疑、对海心沙项目如何从公共财政项目变为商业项目的合法程序的质疑、对APM的决策程序的合法性的质疑等等，所有这些在广州的多家报纸、电视台、电台、网络等各种媒体反复提出的对政府部门（而不是企业）的质疑，在什么时候、由什么部门、以什么方式作过什么样的正式回应呢？

当然，不能说有关部门完全没有通过媒体就上述这些重大项目向社会发表过报道，但是所有这些报道无一不是自说自话、只讲好听的，仿佛根本就没听过公众与媒体铺天盖地的质疑。比如讲BRT，就只讲如何获奖、如何证明建得好，不讲那本账究竟怎么回事，不讲规划决策时如何实现公众的知情权、监督权；讲海心沙，就一口咬死是商业投资所以收费合理，而公众明明质疑的是从公共项目变为商业项目是否经过合法程序、究竟是谁授意批准的；讲APM的进口车辆是为了提供高质量的服务，为什么不敢公开引进国外设备时曾经有过的所有方案和谈判过程呢？如果偶有以回答问题的方式说话，几乎都是答非所问，动不动就是“经过专家论证”、“慎重研究”等官话、套话，根本就不敢触及像程序公开和正义原则、部门与专家的利益动机、有关账本为什么死都不肯公开等等最根本的问题。

事情太明显了，这种公权力对民意的傲慢与蔑视已经到了极端荒唐的地步，这居然就能发生在广州，发生在这个被认为是公共政治开明的、宽容的社会中，这不是匪夷所思吗？公众曾经呼吁现任人大代表和政协委员积极介入、发表意见，遗憾的是在这次的“两会”上同样没有反应。难道有关部门真的不知道这种死不回应、死不公开账本的态度肯定会使公众怀疑内中有隐情、有腐败、有某个领导人的长官意志吗？千呼万唤不回应，莫非其中真的存在着腐败的事情？如果是这样，呼吁当然不会有回应，那么公众是否可以考虑向上一级纪检部门提出介入调查的申请呢？

2011年1月27日

（原载《新快报》2011年1月28日，题为《死不回应，内里有“乾坤”》）

城投集团的来头背后隐藏着什么?

看完广州城投集团负责人接受媒体采访的报道，相信读者们都会同意昨天《新快报》特约评论员文章的标题：“城投集团原来很有来头”，因为广州市政许多重大项目的运营权竟然尽入一家成立不久的企业集团囊中。然而，公众不禁思考和怀疑的是，在这种来头、这股冲天的牛气背后，到底隐藏着什么?

首先，别的先不说，围绕着海心沙公园项目从市政公共项目转变为商业投资项目的程序正义问题，有关部门对公众和媒体的强烈不满和呼声充耳不闻，作为当事者的城投集团更是在这个致命问题上不作回应。但是在这篇采访中却处处散发着一股极为高调的炫耀之气、自我表扬的搔首贴金之姿，联系到前不久公众和媒体的强烈质疑，这种高调唱得似乎有点肆无忌惮了；它似乎要向公众传达一种信息：我就是这么牛，你能怎么样?这不是公众的多心，在公众反复质疑而极其傲慢地拒绝回应与这种高调宣传之间，这种心态难道还不是昭然若揭吗?可以说，在这种来头的背后，隐藏的是对民意的极大蔑视。

其次，该负责人自豪地历数已入囊中的运营大项目，畅谈收益大计，却没有一字一语涉及作为一家企业在涉足重大公共项目时必须首先面对的程序正义问题。而这正是公众时刻不会忘记的问题：政府部门与企业究竟是什么关系?城投集团成立时宣称“实现政企分开、政事分开、事企分开”，那么请问：作为董事长的陶先生本身就是广州市建委的副主任，这就是所谓“政企分开”的注释吗？作为附带的问题，供养着政府官员的纳税人还要问：陶先生拿的是公务员的薪酬还是企业的利润和分红？或者是两者兼有？采访中说，“根据广州市城市建设改革方案，除重大项目建设主体，广州市城投集团还负责文化旅游等项目的投融资建设、运营管理和维护”。请问，这也是“政企分开”、“市场化运作”的注释吗？人们不得不怀疑，在这种来头的背后，隐藏的是官商一体、政企不分的现实；人们不得不更进一步怀疑的是，在这种官商一体的背后，政府是否为其众多项目投入过公共资源？是否有利用公共工程的大量基础投入（包括用地、补偿等等）来为作为“开发商”的城投集团作垫底的嫌疑呢？比如说，城投集团与政府进行过任何形式的商业谈判吗？是否举行过公开的招标？是否因为某某人的一句话就把重大项目给了城投集团？……所有这些问题当然都是纳税人最关心的。

还有，在采访中不难令人充分感到，城投集团的来头来自于它的“漂亮‘答卷’”：完成了广州塔、海心沙、花城广场、猎德大桥及北延线系统工程建设和珠江新城32条道路的升级改造。这份答卷看起来是很漂亮，但却几乎都是锦上添花，为何在类似解决同德围十年之困等等底层社会的民生之厄的工程中没有看到城投的高大身影？这也会使人怀疑在城投集团的来头背后，是否隐藏着一方面以公权力意志通过自己的“企业”把表面的繁华作为政绩做强做大，另一方面同样是以公权力意志为官商一体的利益企业牟取最大的商业利益的根本性诉求？

或许城投集团负责人会对公众这一系列的疑问很不服气，会对“隐藏着什么”这样的表述方式很不高兴，那么公众正期待着你堂堂正正地回答问题、释疑解惑，善莫大焉。或许他根本就“当你没来”，继续是“睬你都傻”，这也是可以理解的：如果在真有来头的背后真的存在着讲不清的利益集团动机、不可告人的事实真相的话，怎能不讳莫如深呢？

2011年2月17日

（原载《新快报》2011年2月18日）

在户籍壁垒与业绩壁垒的双重夹击下

首批成功申请入籍广州的1000名外来务工人员即将成为有户籍的“新广州人”，这件事引起广泛关注，赞美者有之，感恩者有之，鸣不平者亦有之，这都可以理解。

但是，最关键的问题却很容易在这一片声音中被忽略了：这一延续了大半个世纪的户籍制度本身就是违宪的，然而最荒唐的是，这样的制度在理论上被否定以后却以最有“理性”的计量方式、“公平”竞争在实践上得到了维护。

说它是维护，肯定有人不同意：现在的积分入户难道不是打破了户籍坚冰、是改革户籍制度的一种进步吗？其实谁都知道，这个户籍制度从来就不是针插不入、水泼不进的一块坚冰，在权贵的面前户籍从来就不是什么问题；在没有积分入户这一说的时候，大把的人以官职、以财富或者以符合某种人才引进的条件获得广州户籍；如果户籍真的是坚冰一块、铁板一块，那倒好，它可能无法存在到今天。相反，要维护一个在理论上，尤其是在宪法所规定的公民权利上是不合法的户籍制度的最有效的办法，莫过于既在理论上承认今后努力的方向是要彻底革除它，同时在实践上极其缓慢地向社会增加开放入户的名额，而这种开放的门槛之高、占非户籍人口比例之低，都足以使幸运者感恩、使不幸运者更加努力提高博弈的能力，也使全社会再一次强化“广州这个户籍还是很珍贵的”的共识——试问，与遥遥难期的废除现行户籍制度的空头许诺相比，还有什么措施能比现在这种样子的积分入户更能强化户籍这个堡垒呢?

那么，难道改革竟然比不改革还糟糕吗?难道朝着正确的方向逐渐前进还比不上在原地不动吗?生活的经验，尤其是中国的生活经验告诉我们，有些正确的思维逻辑有时候的确会在现实的逻辑面前碰壁，因为关键是要看什么样的改革和什么样的前进。以户籍制度的改革而言，为什么要改革?最根本的原因还是在于作为国家公民的权利、福利待遇在城乡之间、城市之间的不平等，最重要的根源还是在于属于全体国民所有的公共资源被公权力垄断分配，因此，尽快减少城乡福利待遇的落差、尽快通过提高农村公共投入和福利水平来降低城市户籍的含金量，这才是最根本的改革。试问，我们今天究竟在城乡公共资源投入的分配上是一种什么样的真相?当人们口口声声说目前还不具备彻底开放城市户籍的条件的时候，有谁曾经告诉我们究竟要具备什么样的条件?是更高的GDP吗?近十年、二十年来在我们公权力的支配下对城乡公共资源投入的比例和发展曲线究竟是什么样的?如果这些问题不搞清楚，或者说城市户籍的含金量还在提高，在500万非户籍人口中放开1000个入籍名额又能前进到哪里呢?

邝飚《破墙》，漫画。

再以眼前的广州积分入户措施来看，五花八门的条件、各种计量的方法令人眼花缭乱，但是说一千道一万，有几条主线倒还是很分明的：学历、技能、获官方奖励、年龄等等，这种细化积分加上极其苛刻的限额制，根本就不是国民性质的措施，而是选拔精英的跳龙门。其实，从根本上说，所有这些条件、这些门槛与一个公民是否有权利获得某一城市的户籍根本没有逻辑上的合理关系。凭什么说分高的人比分低的人更有权利、更合适获得城市户籍?社会的正义与公平难道就是建立在形式上合理的弱肉强食的基础上吗？那些弱势群体中最需要获得医疗保障、最需要减免小孩入学学费的低学历、低技能、无奖励者，他们在这种“公平”的博弈中就注定是永远的贱民吗？在户籍壁垒和业绩壁垒的双重夹击下，他们的出路何在？

如果说这种改革也有其必然性，大概还是对的。因为它起码说明了对户籍堡垒的维护是必然的，而手法的确也是在进步——它提醒人们，不要希望会有什么户籍制度彻底改革奇迹，冲破户籍壁垒的有效之途就是在丛林战争中提高自身的博弈能力。它近乎是公开号召人们自己垒筑自己的业绩堡垒，就像我们的高等教育一样，所有的教师首先要以业绩往职称的阶梯上爬，其他的一切都不重要了。这是多么可怕的发展趋势，以后我们会听到越来越多的外来务工人员为积分拼搏的悲喜剧故事。

真正的改革和前进都是为了使每一个人得到解放、得到平等的尊重、得到最需要的人道关怀。这些最基本的原则落实到户籍问题上，只能是促使户籍制度的改革加紧朝向自然人的合法居住权得到最大限度的尊重、公民权所保障的所有权益都应该平等实现的方向。

2011年8月1日

（原载《新快报》2011年8月2日，题为《积分入户：公平竞争表象下的弱肉强食》）

为广州公民现象而鼓掌、鼓劲

在辞旧迎新之际，回首即将过去的2011年的广州社情，应该特别向所有推动广州公民社会建设向前发展的“广州公民”致以最大的敬意，应该特别为广州公民现象的崛起而鼓掌、鼓劲！

在过去的一年中，为了建设符合现代政治文明原则的公民社会，除了有众多声望卓著的有识之士在广州的各种主流平台热切陈言之外，更有无数的草根市民敏锐地在日常生活中发现问题并勇敢地为之而举牌呼号，他们的名字虽然默默无闻，但是他们的觉醒与积极的建设性行动却是广州公民社会成长的最坚实的基础，是广州公民意识觉醒的杰出代表。

在这些原来默默无闻的草根市民中间，有些是以直接的身体语言作为形象标志而对广州的公共事务表达强烈的关注之情，如质疑亚运工程铺张浪费的“口罩男”、申请光亮工程可行性报告公开的“拇指妹”、倡议剃光头抵制光亮工程的“光头哥”、关注地铁翻新工程的“举牌哥”等等；有些则是以自身亲受的不公平事件为缘由，以一己之痛而揭露和唤醒社会之痛，如曝光出租车茶水费的的哥老王、反乙肝歧视的雷闯；更有人是从维护社会公共利益的角度出发，通过长期坚持的调查、研究而对广州公共事务的热点个案采取积极的行动，如关注旧城拆迁的恩宁路学术小组、关注番禺垃圾焚烧和垃圾分类的“樱桃白”、呼吁保护本土文化的西塱村民代表麦耀洪、草根治堵方案的设计者陈哲宏等等；也有些人是在本职工作的岗位上积极地与社会沟通、质疑公共决策，如发起大佛寺拆迁抗议之声的规划师马向明、持续发文质疑的士调价和沙河城管殴打女小贩等事件的司徒望；还有微公益践行者梁树新、关注鲨鱼保护的“鲨鱼妹”等等——应该说，这些人物与公共事件其实只是曾被人们广泛关注的代表而已，在他们的背后还有更多至今仍然是默默无闻地为公民社会的建设作出贡献的人。

邝飚《不对》（局部），漫画。

在这一簇簇不断涌动的广州市民为建设公民社会而积极思考和行动的时代浪潮中，闪耀着一种真正可贵的精神亮点：作为普通市民、草根阶层，他们并不一定都怀有多么远大的识见和多么崇高的献身精神，但是他们都期待社会向好的方向发展，都认为政府应该尊重公民的意愿，都相信不公平与不正义的现象应该得到遏止，而且更重要的是都认为只有每个市民的积极行动才是实现这些期待的根本之途。可以说，广州公民现象崛起的最重要标志是普通市民公民行动意识的觉醒，驱除冷漠意识，树立行动改变生存的观念，这是迈向真正的公民社会的坚实起点。

当然，他们中间有不少人首先是为了维护自己的合法权益而觉醒和抗争，这样的缘由与动机并没有使他们显得不那么崇高，相反，这正是公民意识觉醒的合理起点之一。相反，我们更应该指出的是，远非所有那些利益受到不合理损害的人都能勇敢地站起来维护自己的权益，在旁观者中从来就不乏希望搭便车的人。因此，公民意识的觉醒并非只是利益相关之下的自然产物，而是需要有一个认识教育和实践的过程。广州公民现象的崛起正是在这种人民群众的自我教育、自我鼓舞的过程中出现的。

但是，我们并不能简单地认为有了公民意识和有了相关的行动，公民社会的建设就水到渠成。事实上，我们的社会运作机制已经与各种复杂的利益博弈紧紧地缠绕在一起，机制的正义和利益的公平不会因为公民意识的崛起就自动实现，广州公民社会的建设还面临着非常严峻的问题与挑战。

首先，公民意识和行动的普及总是在现实中遇到群体性功利心态的阻拦。从的哥老王的“茶水费风波”中可以清楚看到这种可怕的现实状况：一方面由于取证难而使对潜规则腐败的揭露和惩处难以奏效；更严重的问题是很多司机对老王的勇敢与良知行为并不认同，他们往往认为有潜规则总比没有任何规则要好，因为他们已经认定在这个世界上没有什么好事是可以公平获得的，搞掉“茶水费”只会换上另一套他们更难驾驭的潜规则。这是的哥老王的悲剧，更是公民意识觉醒的最大难点之一。当然导致出现这种心态和道德悖论的根本原因并不在于民心的堕落，而在于那个已经被腐败的病毒彻底渗透的肌体以及使这个肌体还得以苟延残喘的权力符咒。正是因为在各种权力的庇护下使不少维权事件被以“和谐”告终，才使得公民意识的觉醒遭遇道德悖论的困境。如何走出这种困境、推动公民意识发展，这是很值得思考的问题。

其次，从目前广州公民现象发展的基本状况来看，仍然缺乏一个可以作为民众利益表达集团面貌出现的整体形象。公民意识的觉醒及相关行动可以在某一个事件或有限的局部范围内具有推动利益诉求和代表民意的重要能力，但在他们的背后并没有形成社会的、团体的有力支撑。如何在广州大力培养和支持有谈判能力和利益诉求能力的社会公民团体，这是需要有社会团体运作机制的改革才能做到的。值得期待的是，前段时间开展的广东省深化体制改革工作特别强调政府向社会组织放权，民政部门也提出了发展和规范社会组织的方案，这些动向都对公民意识的提升和公民现象的进一步发展具有重要意义。但是，权力这种东西是很令人迷恋的，而公民意识对权力观的冲击和改写必定会遭遇更多的阻拦。因此，我认为关于公民意识的宣传教育中应该更多地通过各种现有社会团体来进行，通过向公众的宣传而反过来加强自身的形象建设、提升自身的自治与博弈能力。正如有了身份证上的“公民身份号码”并不等于就已经产生了真正意义上的公民一样，公民社会不是一种孤立的社会建构，它与民主宪政制度有着非常紧密的联系，在民主宪政制度没有实现前，公民社会是不可能真正出现的。在一个真正的、健康的公民社会中，公民在民主宪政制度的支持下，可以实现思想的自由交流，对社会事务有知情权和批判权。此外，在公民有自治能力的社会领域，国家不需要，也不应该去进行干预，而应该由公民社会团体自行管理，这是民主宪政制度的保证；反过来说，公民社会又为民主宪政提供了最基本的土壤，从而保障这种制度的真正实现。

回顾过去、放眼未来，广州公民现象的崛起是很令人振奋的。毫无疑问，在势不可挡的中国公民社会建设大潮和中国人民为实现民主宪政理想的奋斗历程的视域中，广州公民现象的崛起正是现阶段广州最重要、最有时代意义的城市特色与城市精神。广州的主政者应该充分意识到这是把广州的事情办好的最珍贵的公民资源，应该以最大的诚意和政治智慧看待这种公民现象，以协商与开放的心态与民众积极互动，共同建设一个文明、进步的公民社会。

2011年12月27日

（原载《新快报》2011年12月29日，题为《2011年，广州公民初长成》，有删改）

海心沙项目与广州公共决策的耻辱

近日由于“黄金岸线路线图”的出台，海心沙商业化改造工程启动在即。海心沙用地从当初的公共项目、市民广场不断向着垄断性的商业利益项目成功“变身”，目前已成不可阻挡之势。先让我们比较粗略地回顾一下海心沙开发史吧：

20世纪90年代初期，在海心沙建酒店的规划被否定，该地段确定保留为公共绿地。

2003年通过珠江新城规划，海心沙地块的规划是市民广场和城市公园，属于公共绿地，以平衡珠江新城开发所带来的过高容积率，同时也是特殊情况下疏散和避难的公共空间。

2009年4月确定在海心沙建设亚运会开闭幕式场馆，并定为临时建设工程，理由是出于亚运保密需要，但却是按永久性建筑标准进行设计、建造。

2010年10月政府公布海心沙即将改建为市民广场，免费开放。

2010年12月，海心沙成为收费公园，白天和晚上门票分别为20元和30元。

2011年7月27日，城市规划委员会通过海心沙公园由“临时建筑”转为“永久建筑”。市领导人明确表态：海心沙改造要做到“三要三不能”——要增加园林，绿化面积不能减少；要控制盖楼，建筑总量不能增加；要体现公众性的功能，不能变成私人的场所。7月28日，广州市规划局公示的规划称海心沙将增加文化、体育和商业服务设施。

2011年12月28日，城投集团称“海心沙明年有望免费”；12月31日，广州市物价局宣布海心沙在2012年将继续收费。

直到今天，海心沙东区建设高档观光游艇码头和商业开发工程即将动工。

抛开什么“城市名片”、规划调整等等华丽的说辞，人们会发现最根本的事实是：第一，用地规划中的公共绿地、免费开放的市民广场被改变为商业经营用地；第二，规划中的公益项目被改变为商业盈利项目，对此政府决策过程中的程序合法性、审批的文件依据等等完全没有公开；第三，究竟凭什么决定“由广州市城市建设投资集团有限公司组织投资、建设和运营”海心沙商业项目，政府部门没有向社会公布；第四，对于政府是否为海心沙项目投入过公共资源、是否有利用公共工程的大量基础投入（包括用地、补偿等等）来为 “开发商”的商业开发作垫底等等问题，政府部门没有作出任何说明；第五，对于上述所有疑问，从2010年以来公众和媒体就不断向政府部门提出质疑、要求回答，甚至呼吁市人大介入调查，但是政府部门至今没有作出任何回应。

作为一项重大的公共规划决策，最基本的原则是信息公开、阳光决策，符合正义与公平的精神；所有规划、审批程序、政府投资与纯商业投资的真相、各方的利益诉求等等事项都必须公之于众，坚决杜绝以各种名义故意混淆投资主体、罔顾纳税人合法权益、以黑箱操作方式进行集团利益分肥等状况。但是在上述的事实回顾中，人们已经看到事情的发展却是与此背道而驰，人们也早已认识清楚有关部门与投资商那种对民意的蔑视与那种“霸王硬上弓”的心态与行为。公众和媒体一直深感焦虑甚至担心此事有可能发展为广州市公共决策的丑

邝飚《培育》，漫画。

闻。从现在的发展趋势来看，无论从政府的失信于民还是从程序正义的缺失等等角度来看，人们有理由担心海心沙商业项目将被永远钉在广州公共决策的耻辱柱上！

同时，我们也应该看到公众意识的觉醒和理性声音的坚持力量；应该相信，在公众与媒体坚持不舍的合理追问面前，任何本应对此事负有责任的机构、个人最终都无法逃避来自于法治制度与和政治道德的拷问。更应该看到，突破这种局面的合法的、理性的路径其实就在于我们这个社会赖以实现民主法治的人大制度安排，因为这是我国的政治制度所赋予人民的庄严而神圣的权力，是对公共事务、利益安排和政府行政行使监督、决策等行为的制度保障。在近年来一浪高过一浪的提高人大在制度安排、公共事务等决策方面的庄严地位的呼声中，像海心沙项目这样已经持续引起全社会高度关注的问题必须引起广州市人大的关注和介入。

2012年4月17日

（原载《新快报》2012年4月18日，题为《别让海心沙成为广州公共决策的耻辱》）

公共话题的“烂尾”是对民意的罔顾与蔑视

作为这次微博@广州公共观察在网上征集、票选广州十大“烂尾”公共话题的发起人之一，我对此深有体会的是：第一，从这些公共话题的提出、追问与公众的强烈关注都可以说明广州公民现象的崛起，而且毫无疑问，这才是现阶段广州最重要、最有时代意义的城市精神；第二，这些曾引起强烈反响的公共话题竟然全部“烂尾”，可见公权力对舆论与民意的敷衍、漠视达到了什么程度。显然，这些问题的重要性远在那些被“烂尾”的具体个案之上，非常值得深入思考和讨论。

黑漆路丑闻、李坑焚烧污染真相、3000城管一夜转为公务员、城投集团债务之谜、神秘消失的39号文、垃圾处理特许经营权真相、治水工程的投入与实效、24亿LPG争议、海心沙项目公益与商业之议、的士公司真实利润等18项待选的“烂尾”话题，都是事关全社会公共利益、事关全体纳税人切身利益，这些公共话题都是在本地媒体上提出，无论提出质疑或建言，都是以事实说话，都充满了理性的对话与协商的精神。但是，所有的质疑和呼吁基本上都没有得到当事部门真正的、有诚意的具体回应，被媒体称之为“睬你都傻”或“打死不回应”现象。如果偶有以向媒体发表报道或回答问题的方式论及那些话题，无一不是自说自话、答非所问，都是“经过专家论证”和“慎重研究”等官话、套话，仿佛根本就没听见公众与媒体铺天盖地的质疑，根本就不敢触及像程序公开和正义原则、部门与专家的利益动机、有关账本为什么死都不肯公开等等最要害的问题。

可以说，在重大公共话题的“烂尾”中，公权力对民意的罔顾和蔑视已经到了极为明显和无耻的地步。而这居然能发生在广州，发生在这个被认为是公共政治开明的、宽容的社会中，这不是匪夷所思吗？难道权力部门真的不知道这种“打死不回应”、死不公开账本的态度只能使公众更加怀疑内中有隐情、必然有腐败吗？毫无道理的沉默与明目张胆的答非所问已经使公权力蒙受了太多、太大的耻辱了，赶快结束这种耻辱吧！

这些“烂尾”话题所质疑的问题既事关公共决策的对错，也涉及到对官员可能会发生的腐败行为的监督，无非就是要真正实现公民对公共事务的知情权和对官员的监督权。从最根本的性质上看，则是事关整个公权力的合法性问题：在现代政治文明社会中，公权力如果真的公然蔑视民意，这就完全违背了现代社会公共政治的基本原则，是失去统治合法性的最明显证据。

我曾经在上述话题的讨论中提出，对于公共舆论和民众对公共决策的质疑，应该建立一种具有强制性质的、有可操作性的行政回应机制。但预料到的是，得不到任何回应。

如果说管理部门“睬你都傻”反映出权力的傲慢，那么“打死不回应”就只能说明权力的心虚和恐慌。但是，为什么傲慢与心虚的结果总是公共话题的“烂尾”？为什么公权力敢于“睬你都傻”？道理太简单了：我就是不理你，你能怎么样？公众的无奈和挫败感也正是因为这样：你能把他怎么样呢？这无非说明，如果人民手中没有握着真正的选票，权力必然是不受约束的。

那么好吧，最起码我们可以把这些话题重新翻出来，大家还会想起我们曾经关注和讨论过这些问题。我相信，“烂尾”不要紧，只要问题真；投上你一票，总会有希望——如果关注和投票的市民从现在的7万多人发展到70万、700万人的话，事情一定会起变化，一个成熟的公民社会一定会稳步地崛起在南中国的大地上。

2012年9月11日

（原载《新快报》2012年9月12日）

“城市文化名片”与浮躁政绩

近日报载广州市将全力打造“海上丝路”、“十三行”、“广交会”、“北京路”、“广州花城”和“食在广州”等六大城市文化名片工程，以凸显岭南文化特色。稍为留意一下，不难发现这六大“名片”的“打造工程”无一例外地都是建筑项目：建广场、建牌楼、建展馆、建地标、建……稍为思考一下，不难想到应该思考一个问题：难道一座真正有历史文化内涵的名城，竟然可以这样在朝夕之间就以崭新的建筑和“文化名片”的头衔“打造”出来吗？

我们谁都会承认，世界上真正的历史文化名城都是历经千百年历史文化演变而自然形成、自然地被世人认可的；而作为当代人，首先要有对文化传统的敬畏之心，在保护名城历史文化遗产的问题上要力戒浮躁功利之心；作为城市管理者，更要力戒以打造“文化名片”之名而行招商引资、打造短期政绩之实。真正的“城市文化名片”是该城市历史人文传统的自然结晶，有多种自然形成的表现形态，如因精心保护而存在的建筑文化遗产、代代相传的优秀技艺、凝聚在某种社团活动中的年轻一代对自己的文化家园的亲切认同感等等，这才是具有真实价值的“文化名片”。试问，假如我们建起了无数连片成行的“广州美食街”、修建了尽情“凸显岭南风貌”的“广州美食博物馆”，但是却吃不到一碗可以真正有当年风味的云吞面、艇仔粥，让我们的老广州市民情何以堪？

当然，在当代城市的发展中，适当地通过建筑规划等方式使城市文化遗产的物质形态得到更好的保护、更有利的展示方式，这是完全正确的。但是，这种保护性的建筑规划与实施完全不同于那种大兴土木、成片开发出以“大、露、连”为景观特色和以“融文化与商贸于一体”为政绩诉求的“打造工程”。这些被“打造”出来的“名片”究竟是真正的文化名片还是不折不扣的“政绩名片”，难道还不清楚吗？

更重要的是，这些“名片”工程无一不是公共财政投入的大手笔，动辄几亿元甚至几十亿元，这么重要的民生决策征求过广州市民的意见吗？只要广州还存在着像大大小小的同德围这样的困境城区，只要广州的治水工程还远远未有根本性的成效，只要广州的“水浸街”还远未能成为历史，只要广州类似“黑漆路”这样的劳民伤财的市政工程一天不绝迹，再多、再华丽的“名片”能让广州市民幸福得起来吗？只要广州还可能会出现城管执法不文明的现象，只要广州的管理部门仍然存在对舆论民意“打死不回应”的现象，再多、再动听的文化口号能让广州变得真正有文化吗？

在近年来全国各地的“城市名片”中，人们看到了太多以“文化建设”作为政绩跳板的官员、以审批文化项目实现钱权交易的官员、以文化工程项目获取暴利的投资商和喜滋滋地分得一杯羹的规划师、设计师乃至包工头。如果“文化名片”就是这样炼成的，这只能是文化的最大失败和耻辱。广州市民，要警惕啊！

2012年9月20日

（原载《新快报》2012年9月21日，题为《“城市文化名片”不能靠大建设来打造吧》）

白云山隧道工程有违程序正义与实质正义

似乎是在一条巨大而无形的鞭子的抽打下，近来广州城建区域规划与动工的陀螺快要转疯了：从“文化中轴线”到“广州教育城”，从东山口的“医疗硅谷”到环岛、环城有轨列车，近日又来了一个白云山隧道工程。如果认真看看这些“陀螺”是怎样转动起来的，会发现一些共同特征：第一，都是大手笔大规划大工程；第二，都是领导表态或透露在前，然后媒体公布；第三，都是方案已定、动工在即，但或是下面执行部门尚不知情，或是环评尚未完成、公众则更是才刚刚知道有这么一些大事；第四，在公众舆论中都有争议一片，但都不起作用。看来，这种状况很值得广州的“90后”好好编一首“广州Style”吟唱一番。

近日白云山隧道方案一公布，就引起广外师生强烈反对。先不说这一重大公共市政工程规划的实质合理性到底如何，光是在程序正义上暴露出来的问题就引起媒体与公众的强烈质疑。我们知道，按照重大工程项目的审批程序，该项目需要先由建设单位向市发改委提出项目建议书，其中必须包括隧道的拟建地点用地协议，建设资金来源的初步意向，国土、规划部门对拟建地点的意向性意见。但据报道，10月中旬某领导人在会议上最先透露白云山拟建穿山隧道通向天河区，同时即表示将在今年底、最晚明年初动工。然而，媒体记者即时通过采访发现，不但市建委原先发布的“十二五”重大市政项目建设计划列表中根本无此项目，而且各相关部门均表示不知情，例如应负责该工程征地工作的白云山管理局是从报纸上获悉，此前完全不知情；

而涉及城建审批部门则表示该项目还没有开始走程序；连作为该项目建议书的审批单位的市发改委也只是从领导的透露中才获悉这个工程，没有实际规划。这些情况如果属实的话，只能说明长官意志已经发展到了什么地步。

然后，事隔一个月，忽然公布白云山隧道工程方案，由广州市建委下属市中心项目办牵头向涉及单位征询意见。广外明确反对该方案，认为学校环境会带来巨大的负面影响，干扰学校的正常教学秩序。按照程序要求，下一步市中心项目办需要对初步方案进行修改，再发给各涉及单位征询意见，如此反复修改多次，直到各涉及单位都同意才可以正式进入实际操作阶段，立项报批、出工程图纸、招投标确定施工单位、环评，最后才开工建设。因此，从程序正义的角度来看，该项目的立项程序、咨询民意、方案修改等等程序都完全没有走完，怎么就能宣布动工在即？而且，如果民意强烈反对、环评也通不过，怎么就能说铁定上马呢？另外值得注意的是，这个“市中心项目办”在管理权限上与其他部门是什么关系？该部门对媒体强调该工程“正在按市政府的要求逐步推进，其他内容则不方便透露”，那么，“市政府的要求”到底是什么？那些“不方便透露”的内容到底是什么？这不能不使人思考到底是阳光决策还是暗箱操作。

谈到该工程实质上的正义性、合理性，则涉及到广州建设规划的价值取向。从各种重大规划的真实诉求来看，提升地块的房地产和商业开发价值是政府的一贯思路，而环境保护、历史文脉、资源分享的公平等价值取向则总是苍白无力。至于以纳税人的钱做重大投入而对纳税人的回报是否公平合理、工程投入额是经济合理还是巧立各种明目加大投入以获取更大的腐败空间，这些问题就更加讳莫如深，从来不敢公布。

无论如何，公众期待白云山隧道工程的启动必须符合程序正义与实质正义，有关部门没有任何“不方便”的理由和权利拒绝回应公众的质疑。

2012年11月21日

（原载《新快报》2012年11月22日，题为《白云山隧道工程启动必须符合程序正义与实质正义》）

广州大学城的发展不能违背办教育的根本宗旨

对于广州大学城提升计划方案的出台，不管从何种角度进行理解，有一句出自某官员的话是非常准确的：目前大学城的资源潜力没能充分发掘，迫切需要对大学城实施整体提升，推动大学城在更高的层次上实现更大的发展、发挥更大的作用。但是，关键的问题是如何解读何谓“资源潜力”、“整体提升”和“更高层次”等这类看起来比较虚的说法。在所有的蓝图规划中，突显的主旋律乐章总是单纯而明净的，但是如果离开了同时也聆听背景音乐，恐怕就是世界上最傻、最天真的读者了。

如果说大学城至今已是十年一梦，那么现在早已是到了梦醒时节，可以更清晰地看到在十多年前中国大地上狂飙突起的“大学城热”背后的经济推手是何等的有力强悍、何等的“高瞻远瞩”。大学城刚一出现，业内就有“教育地产”、“知识产业”等说法，高等教育的产业化改革迅速完成了从学生扩招到校园扩地的华丽转身。如果说当初还的确包含有解决高校扩招压力的初衷，那么很快就成为了许多地方政府以地生财的“经济蛋糕”。而且对于广州市政府而言，当年选择小谷围这个孤岛作为这块“蛋糕”的催生地，只能说是“高，实在是高！”只可惜邻近广州市区的最后一个融汇了自然与历史人文传统的孤岛从此消失。2009年底，首个广州大学城板块楼盘开卖，标志着大学城楼市的正式开启。今年7月，一个题为“大学城居住价值研讨论坛”的讨论透露出更明确的信息：大学城的房地产开发高峰已现，继二沙岛之后第二个天价富人住宅区的声音已经兴奋地响起。

那么，重新回顾办大学城的理想初衷，尤其是我们这些已经在大学城从事了多年教学工作的教师反思大学城对高等教育的作用与影响，恐怕不是没有意义的事情。当年说不建教师住房，许多教师为了进大学城上课而要来回驱车四五十公里，时间、精力、财力的额外耗费知多少？有些学校为教师提供交通补贴，有谁算过这笔无尽头的账？更重要的是，下课后教师匆忙回城，大学城只是名副其实的大学生城；有些学校只是本科进大学城，使本科生连与研究生交流的机会也难得了；说大学城要搞图书资源共享，但是一间学校内本来的资源也难以共享；更别说一所大学老校区的学术氛围不可能在一朝一夕之间建成，整整已有两届的大学生在这空荡荡的新大楼群中是如何度过了他们最宝贵的岁月？谁都会说大学城最核心的功能就是办好教育，但是从大学城今天的状况看，这教育究竟怎样才能“好”起来呢？

前年，广州市“教授团”人大代表针对大学城“地王”屡现变豪宅区的问题曾对广州市规划局、国土房管局联合提出询问，其中有些问题很简单也很尖锐：一、未来的大学城商品房都是“教书匠”买不起的豪宅，在大学城里拍出高价商品房用地，是否合法？二、岛上预留的公共用地，是否为大学服务，属于大学的配套设施？预留的住宅用地是不是应该专为大学服务？规划有没有改动？当时的回答是2003年的规划不会变，还说可以通过改造大学城里的4条保留村，腾出土地给老师提供公寓。

那么，现在推出的提升计划方案是否还能遵守这些诺言？是否可以在“满足居住需求”的问题上讲得更明确一些：是满足教师需求，还是满足富人需求？又比如，现在说要在2014年确保基本解决大学城目前存在的主要问题，这些要解决的问题究竟与大学老师的讲课、学生的学习有什么关系呢？

2012年12月5日

（原载《新快报》2012年12月6日，题为《大学城提升计划须以教育为根本》）

纳税人要盯紧官员财产公示的制度建设

广州“两会”期间有几位官员表态愿意“主动公开财产”，这态度是好的，但这说法却有给自己贴金之嫌，因为都提出一个前提：按组织要求、按上级规定，这只能说是执行规定而已，何来的“主动”呢？实际上，真正的“主动”很容易做到，你有多少财产自己心知肚明，作为个人你有权利主动统统晒到网上，这不会犯什么组织纪律。但是，这种真正的主动可能会触犯了官场潜规则的禁忌：你要是真的“舍得一身剐”，来个竹筒倒豆子，岂不是让其他人犯难？

说到底，“主动”云云可以免了，但是制度建设却很关键。官员财产公示是世界各国政府反腐倡廉的通行措施之一，我国从20世纪80年代就开始提出要解决这个问题，但是至今仍然处于试点阶段，可以说是“路漫漫其修远兮”。放着许多国家的成功措施不借鉴，似乎说明过去诚意有限、阻力极大。目前全国已经或即将开展官员财产公示制度的试点有20个，具体情况各有不同，需要公示财产的有的是现任官员，有的是拟提拔官员；级别最低为副科级，最高为正处级；公示途径也不一样，有单位内部的，也有在媒体上公开的。前段时间关于南沙的公示试点或有一定的意义。第一，公示对象扩大到局级干部，这是一个重要的突破点。但是，目前的形势显然不可能止于局级，甚至必须“上不封顶”才能符合民意。第二，省纪委承诺南沙试点的具体进展情况将统一向社会发布，看来，只有彻底向社会公开的方式才是唯一能够符合民意的选择。

在这里，我们必须强调的是，建立真正的官员财产公示制度万万离不开社会的监督，万万离不开对纳税人和舆论建言与批评的回应。道理很简单，民主政治的前提就是要在复杂的制度建设中实现彻底的公开化、透明化，绝不能把约束官员的制度建设单纯寄托在官员自己身上。毫无疑问，官员财产公示是一个复杂的制度设计，其中涉及大量的利益冲突，如果这套制度的设计过程不公开、不愿意征求人民群众的意见，这只能说明心中有鬼。

如何把公示制度具体到公开的程序、范围、途径、数据核实等等问题，这是一个问题。公开之后如何保障公民对公开内容的调查、核实与质疑的权利？是否敢于对虚报、瞒报行为制定严肃惩处的法规？这些又是更关键的问题。可以说，这些都是真假财产公开的试金石。

有官员提醒说现在群众对于财产公示期望值过高，并认为公示财产并不能包治腐败，这说法可能是对的。但是更应该指出的是，群众对于财产公示的期望值首先在于公示制度的制定本身是否真正彻底公开、阳光透明。

“青山遮不住，毕竟东流去”。纳税人，睁大眼睛紧盯着官员财产公示制度的建设吧！

2013年1月24日

（原载《南方都市报》2013年1月25日）